뜻 깊게 살려 했으나
덧없이 살았네

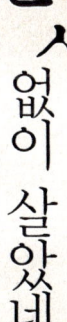

뜻깊게 살려 했으나 덧없이 살았네

우리네 아버지 그 삶을 말하다

이기동 지음

다반

소중한 인연을 맺어 오늘의 나를 있게 한 분들께 이 책을 바친다.

사랑하는 가족에게 할아버지의 삶을 진솔하게 이야기하고 싶어 이 책을 엮는다.

70에 들어서부터 건강에 자신을 잃어 가고 주변의 모든 환경이 나를 어렵게 만든다.

더불어 사는 세상, 나 혼자 해결할 수 없는 일이 많다.

얼마 남지 않았음을 인식해서인지 모든 것이 조급해지고 있다.

말이 많고 자기중심이 되어 점점 외톨이가 되는 것 같다.

차분하게 자기와의 내면의 대화를 즐기고 자기를 돌아보며 반성하고 자신으로부터 위로받고 싶다.

우리는 살아가는 과정에서 어떤 사람으로 살 것이냐를 화두로 삼고 살았는지도 모르겠다.

어렸을 때는 위인전을 읽으며 이런 사람이 되어 인류와 사회에 기여하는 사람이 되고 싶었고 뒤에는 구체적으로 이런 직업을 갖고 편안하게 생활하며 존경받는 삶을 영위하고 싶었다.

점점 철이 들면서 어떤 사람이 되느냐보다 어떻게 살아가야 되느냐가 중요하다는 생각이 들었다. 자신에게 충실하고 자신이 만든 자신의 주위를 편안하게 하고 따뜻하게 해주는 사람으로 살고 싶었다. 구체적으로 하나의 불꽃이 되어 자신과 가족 그리고 주위를 환하게 밝혀 주며 따뜻하게 해주고 마지막 순간에는 반짝 빛을 발하다가 꺼져 버리는 그런 불꽃처럼.

그러나 내면의 지식과 성품 그리고 육체가 좋은 불꽃을 만들기에 부족해 주위에 잔뜩 그을림만 만들어 눈살을 찌푸리게 한 것 같아 두렵다.

이제 보니 산다는 것이 파란 창공에 마음대로 그린 그림을 지우고 또 그리고를 반복하다 만 구름인지 모르겠다. 구름같이 살다 가는 것 같다.

이상과 현실적 삶은 너무 차이가 나는 것을 안다.

스스로를 합리화하고 싶고 인연을 맺었던 많은 사람에게 이해와 변명을 하고 싶은 욕망에서 많은 이야기를 하고 싶다.

기록도 없고 기억도 희미해지는 때에 더듬어 하는 이야기는 현재의 나를 통해 해석하고 표현함으로써 변명이나 자랑으로 보일까 두렵다.

또한 자신의 사고와 지식 그리고 경험은 지극히 부분적이기 때문에 보고 듣는 사람의 감정을 상하게 할까 두렵다.

잘난 사람의 이야기가 아닌 고민하며 힘들게 한 세대를 살아간

사람, 자랑스러운 사람이 아닌 이해할 수 있는 평범한 사람의 이야기였으면 좋겠다.

2013년 어느 날

::

나는 이렇게 성장하였다

격변의 시대를 살다

어느 시대의 누군들 자신의 삶을 돌이켜 보면 자신이 소용돌이치는 격랑의 시대를 살아왔다는 느낌을 지울 수 없을 것이다. 특히, 이 시대를 살아온 우리 세대들은 반만년 역사 속 가장 격변의 시대를 온몸으로 헤쳐 나간 역사의 주인공 같은 생각에서 벗어날 수가 없다.

그래서 우리가 만든 오늘의 현실에 만족하며 긍지를 갖고 지내면서 이를 부정하려는 사람들에게는 어떠한 마음도 주지 않는다. 더 큰 발전의 변화를 추구하려면 바람직한 태도가 아님을 알아도 우리같이 사회적 기여도가 낮은 사람은 자신의 감성이라도 지켜 나가는 것이 바로 자기만족이 된다.

시대는 변한다.

다음 시대의 사람은 긍정적 변화를 추구하고 노력해 더 큰 변화의 시대에서 살았다고 자랑하면 좋겠다.

출생

일본의 식민지인 한반도에서 일본의 하와이 진주만 기습으로 2차 세계대전이 발발하던 해에 나는 일본인의 이름으로 출생해 일본인의 이름으로 있는 부모의 호적에 입적하였다.

내 의지와 상관없는 일본인이었다.

작은 나라가 큰 나라를 상대로 전쟁을 치르고 있으니 패전할 때까지 5년간 얼마나 어려운 상황에서 살았을까 짐작할 수 있다.

나는 확실한 기억이 없지만 아마 보통의 영유아와 다름없는 생활을 했을 것이다. 아버지의 직장 관계로 혼자 외가에서 살았다. 우리 부모도 식민지 국민으로 태어나 교육받고 일본 국민으로 성장했다. 아버지는 사범학교를 나와 선생을 하면서 어린이에게 일본 국민으로서 살아가는 방법과 생각을 철저히 교육시켰다. 아무런 갈등의 표현 없이 그리고 현실에 안주해 상대적으로 편한 생활에 만족했다. 훗날 아버지는 친일 논쟁이 한창일 때 스스로 교육자가 가장 큰 친일 분자라고 자책했다. 일제가 더 오래가고 능력만 있었다면 친일파 인명사전에라도 올랐을 것이라고 했다.

다섯 살의 나에게는 아무런 느낌이 없었지만 이제 와서 현실을 충실히 살아온 사람을 싸잡아 매도하는 사람이나 시대가 바뀌어도 부끄러워할 줄 모르고 앞장서는 사람 모두가 바람직하지 못하다고 생각했다.

해방과 월남

45년 8월 우리나라가 해방될 때 나는 다섯 살이었다.

지금의 다섯 살의 아이를 보며 아이들의 기억력으로 생각해 본다.

나는 당시를 확실히 기억해 내지 못한다. 변방의 지방에서 성장하고 있던 나로서는 큰 변화를 느끼지 못했다. 유행처럼 번진 태극기의 물결을 보고 집에서 방방이 태극기를 흔들고 다녀 어른들의 귀여움을 받았다고 들었다.

여섯 살, 말도 제법 하고 자기의 의사를 표현할 수 있고 그에 따른 행동도 했다. 삼대에 걸친 외가 할머니들의 귀여움을 독차지했고 가끔 친가의 할머니에게도 가서 재롱을 부려 귀여움을 받았다. 동네에서는 나보다 큰 아이들 틈에서 놀며 추수가 끝난 밭에서 콩도 구워 먹고 기차가 증기를 뿜으며 기적을 울릴 때에 가까이 가서 손을 흔들곤 했다.

꿈같은 추억을 더듬으며 또 뚜렷이 생각이 나지 않으면 상상을 더해 그림을 그린다.

46년, 공산주의 체제를 구축하며 새로운 사상에 의한 지배세력 형성에 바쁠 때였을 것이다. 어려서 전혀 알 수 없는 상황이었지만 일시에 큰 변화는 없었던 것 같았다. 외가와 친가 다 할머니만 있었는데 그 집에 그대로 살았다. 공용 건물로 수용되거나 강제로 이주되지 않았다. 다만 수입원이 없어져 먹고사는 데 어려움이 있었던 것 같았다. 46년 말 북청에서 청진까지 기차를 타고 다녀왔다. 생존을 위한 상업여행이었다. 내가 기억할 수 있는 첫 번째 여행이다.

일곱 살이 되어 어느 정도 분별력이 생겼다.

봄의 어느 날 양지바른 마당에 앉아 혼자 놀면서 이건 엄마 이건 아버지 하며 혼자 중얼거리는 손자를 본 외할머니는 충격을 받았던 모양이다. 남북 분단이 점점 더 고착화되어 가고 앞일을 알 수 없는 불안감이 엄습해 오면서 외할머니는 손자를 제 부모에게 보내 주어야 한다는 절박한 생각에 이르렀다. 일곱 살의 오월, 외할머니는 나를 데리고 기차를 탔다. 엄마한테 간다고 한다. 기뻤다. 부모하고 자라지 못해 부모에 대한 정이 없다고 생각했는데 엄마한테 간다고 하니 무척 좋아하더란다.

그때 월남의 이동 경로는 지금 지도를 보며 상상할 뿐이지 뚜렷한 기억이 없다. 다만 국경선을 넘는 것을 도와주는 전문 안내인이 있었던 것은 기억한다. 안내인을 따라가다가 국경을 지키는 군인에게 붙잡혔다. 할머니와 손자를 본 군인은 나에게 몇 마디 묻곤 조금 있으면 엄마를 볼 수 있으니까 집으로 가서 기다리라고 한다. 체포해 수용소 같은 데 보내는 것이 아니라 집으로 가라고 한다. 가는 척하고 다음 날 안내인을 다시 만나 어두운 밤 한탄강을 건넜다. 걸어서 넘을 만한 수심의 길로 안내한 모양이다. 나는 어려서 할머니의 등에 업혔다. 그렇게 목숨을 건 절박한 탈출 같은 생각이 들지 않았지만 어른들은 그렇게 생각하지 않았던 모양이다.

월남을 하는 사람을 돕는 사람으로부터 안내를 받아 의정부로 와서 엄마를 만나 서울로 왔다. 외할머니는 나를 서울로 데려다 주고 다시 북쪽으로 갔다. 그 후 다시는 보지 못했다. 9.28 수복 후 소식을 알 수 있었을 텐데, 엄마도 말이 없고 나도 묻지 못했다. 그렇게 이별했다.

우리 민족은 사상을 따라 생활을 따라 헤어졌다. 헤어지기 싫어 자기의 사상이 지배하는 세상을 만들려고 노력하고 전쟁까지 했다. 결과는 아직도 헤어진 채로이다. 이제 자기가 원하는 세계로 각자가 갔다. 원하지 않는 사람에게 자기 사상을 강요하지 말았으면 한다. 각자가 원하는 세계로 다시 대이동이 되어도 좋으니 강요하지 않았으면 한다. 단지 원하는 세상으로 갈 자유마저 박탈된 현실이 한스럽다.

6.25 이야기

권위 있는 퀴즈 프로그램 결승에서 20대, 30대, 40대 세 사람이 지식을 겨루고 있었다. 6.25전쟁 중 흥남철수작전(함경남북도 일원에서 작전 중이던 아군 주력부대가 중공군의 공세에 밀려 흥남항을 통한 10일간의 대규모 해상 철수작전)에 관한 문제가 출제되었다. 세 사람의 답이 공개되었다. 아무도 맞히지 못했다. 충격이었다. 학교에서 교육한다고 들었다. 남의 나라 전쟁같이 지극히 객관적으로 냉철하게 평가하며 교육한다고. 우리가 전쟁 당사국의 일방이라는 것을 잊고 있는 모양이다. 북쪽은 어떻게 교육하는지 몰라도 너무나 당연히 우리를 분노하게 교육시킬 것이다.

1950년 6월 25일 일요일 새벽 북한 괴뢰군은 기습적으로 남침하였다. 이렇게 시작하는 말로 6.25를 일깨우는 말을 수없이 들으면서 교육받고 자랐다. 그리고 생생한 체험으로 기억되고 있다.

어느 날 젊은 사람과의 대화 중 한국전쟁은 남과 북의 이념 전쟁이라고 정의하면서 후세 사가들의 객관적 평가에 맡겨야 한다는 말을 들었다. 전쟁의 일방 당사자로 생각하고 있던 나에게 충격이었다. 그리고 내가 겪은 전쟁을 되새겨 본다.

나는 열 살 때 서울의 끝자락 대림동에서 살았다. 이른 아침 아버지가 간단한 짐을 꾸려 식구 전부를 데리고 피난민 대열과 합류해 남하하기 시작하였다.

우리의 전쟁은 이렇게 시작되었다.

한강 다리가 폭파되고 서울이 점령되고 군인들은 패잔병이 되어 후퇴하고 끝없는 피난민 행렬은 뚜렷한 목표 없이 남쪽으로만 이어지고 있었다. 간간이 비행기의 공격을 받아 논두렁에 뒹굴고…. 열 살짜리에게는 벅찬 일이다. 투정도 부려 보지 못하고 눈치만 보면서 피난생활에 적응해 갔다. 도중에 권총을 찬 사람이 죄수 같은 청년을 사살하는 장면을 목격하기도 했다. 존엄한 생명이 이렇게 가볍게 처리되었다. 조치원까지 걷고 또 걷고 그 이후에는 기차를 타고 김천, 대구, 삼랑진을 거쳐 부산 영도에 갔다.

아버지로부터 전쟁 중에 살아남는 방법에 대해 수없이 교육을 받았다.

너의 존재를 확실히 인식해라, 생존을 위해 무엇이든 해라.

구체적으로는 빌어먹고 사는 방법, 일해서 먹고사는 방법, 장사해서 먹고사는 방법 등 생존교육을 받았다. 실제로 삼랑진에서 복숭아를 팔고 부산에서 엿을 팔고 구두도 닦고 신문도 팔았다. 아버지는 부두 노동자로 취업해 하역 작업을 하고 어머니는 사살치 시장에서 음식을 팔았다. 전쟁 중에 생존을 위한 처절한 자기와의 싸움이었다.

9월 28일 인천상륙작전의 성공으로 서울은 수복되었다. 아버지와 나는 서울로 갔다. 기차 지붕에 올라타고 서울로 갔다. 뒤에 생각하니, 피난 갈 때야 급해서 지붕이라도 타고 가지만 상경하는 데 우리는 무엇이 급해서 지붕에 올라타고 갔는지 이해가 되지 않는다. 노량진에서 고무보트를 타고 한강을 건너 시내로 들어가 쌍림동 친척 집에 갔다. 폐허로 변해 버린 시가지에서 또래의 아이들과 전쟁놀이를 하면서 새로운 생활을 했다.

51년 1월 4일 중공군의 파상적 공격에 서울이 다시 점령되었다. 우리는 다시 부산으로 피난 가서 보수동 판자촌에 안착했다. 피난지에서도 학업은 계속되었다. 처음 부산의 현지 학교에 편입했다가 피난 초등학교가 신설되어 피난민끼리 공부했다. 처음에는 화판 같은 것을 목에 걸고 야외에서 공부하다 천막교실로 변하고 다시 목조 건물에 책상 걸상을 갖추고 정식으로 공부하게 되었다. 전쟁 중에도 학부모들은 아이들이 제대로 공부할 수 있는 여건을 만들어 주기 위해 부단히 노력하였다. 놀라운 것은 교육이 중단되지 않았고 상급학교 진학도 차질 없이 이루어졌다는 것이다. 피난지에서 국가고사를 보아 그 성적으로 본인이 원하는 학교로 진학했고 또 그러한 경쟁 체제 속에서도 고마운 마음으로 순응하며 열심히 공부했다. 이러한 인재들이 우리 발전의 원동력이었다고 생각한다.

53년 7월 휴전협정에 따라 종전이 되었다. 모든 질서가 전쟁 전으로의 복귀가 한창이었다. 학교도 그전에 있던 곳으로 가고 사람들도 귀향했다. 나는 한 학기를 부산에서 마치고 다음 해 봄 서울에 와서 중학교 입학시험을 치르고 서울 생활로 복귀했다.

나는 한 사람의 죽음을 목격하고 평생 그 장면을 지우지 못하고 있다. 이러한 죽음을 당한 남과 북의 민간인, 참전용사, 미군과 중공군의 통계는 보기에도 끔찍하다. 그리고 전쟁의 후유증에 평생을 시달리고 있는 사람들. 이러한 상황에 그때의 결과를 아쉬워하며 다시 기회를 보며 목적을 달성하려는 세력과 사람이 있다는 것을 두려워하고 있다. 이러한 전쟁을 일으키고 치고 빠진 사람이 위장된 민주인민공화국 체제에서 권력을 세습하고 있다는 사실이 권선징악을 배우며 자란 우리에게는 가치관의 근원을 뒤흔든다. 더욱 추종세력은 외면하거나 옹호도 서슴지 않는다.

전쟁을 수행하는 과정에서 능력 있거나 약은 사람은 어떠한 방법으로도 전장을 피했고 극단적으로 이 나라를 떠날 생각을 했으며 우직하고 단순하며 시키는 대로 순종하는 사람들이 전장에서 목숨 바쳐 나라를 지켰다는 사실을 알게 되었다. 후일 능력 있고 약은 사람이 다시 나타나 나라의 지도자가 되어 나라 사랑의 표상이 되어 나라를 이끄는 사회에서 생활하고 있는 우리를 발견할 수 있다.

이제 우리의 후손들에게는 이러한 경험을 갖게 하지 말아야 한다. 어떻게 해야 재발을 막을 수 있는지 냉정하세 생삭해야 할 것이다. 자기의 개인적 이익에 바탕을 두어 미사여구로 현혹하지 말고 냉정하게 생각하자. 내가 겪은 단편적인 내 개인사가 전부인 양 이야기하지는 않겠다. 다만 우리 모두의 사랑스러운 아들 손자를 참혹함으로부터 자유롭게 하는 지혜를 갖기를 원한다.

4.19와 5.16

나는 길들여진 세대다. 시키는 대로 하면 낭패 보는 일이 없다. 사상과 정치에 대해선 더더욱 그렇다. 남과 북이 갈려 동족끼리의 치열한 전투를 끝내고 생존을 위해 피나는 노력을 하며 삶을 영위하는 현장을 보며 컸다. 원조물자에 의존해 나라가 먹고사는 어려움을 겪으면서 꿈을 키워갔다. 대통령의 장기집권에 따른 불만은 사회의 각종 불만과 함께 다수를 차지하고 있는 피지배계층의 가슴에 가득했다.

내가 대학에 입학할 전후 시점에 정-부통령 선거가 있었고, 3.15선거가 부정선거라는 실상이 여기저기에서 나타났다. 부정선거의 규탄 데모가 일기 시작했다. 초대 대통령의 장기집권에 따른 각종 불만과 장기집권을 위한 법 개정과 선거의 부정이 규탄 대상이다. 독재자로 낙인찍히고 하야를 요구하는 목소리로 표출되기 시작했다.

대학 1학년 1960년 4월 18일 아침 강의 준비 중에 웅성거리기 시작했다. 운동장에 집결하라는 방송이 있다. 책가방을 든 채 운동장에 들어서기가 무섭게 학생의 무리가 교문을 나서기 시작한다. 숫자가 불어서 큰 무리를 형성하였다. 교문을 나서는데 별 저항이 없다. 구호가 시작되었다. 부정 선거 규탄 데모다.

나는 직접 피부로 느낀 당사자로서의 실감이 없다. 다만 데모대의 일원으로 함께 행동하고 있을 뿐이다. 안암교 로터리에서 인근 고등학교 학생의 응원을 받으며 경찰의 저지선을 뚫고 신설동 사거리로 갔다. 동대문을 지나 종로 5가 쪽으로 이동할 때 경찰의 본격적인 저지가 있다. 데모대의 행렬 중간 중간을 잘라 분리하기 시작하였다. 후미를 반복적으로 해산해서 데모대의 수를 줄였다. 나는 주위를 살폈다. 어느 틈에 선두가 되어 버렸다. 경찰이 옆에 있다. 신변에 위협을 느꼈다.

슬쩍 빠질 궁리를 했다. 종로 사거리에서 대대적인 진압이 시작되었다. 인도로 뒤따르던 학생까지 합류되어 무척 소란스러웠다.

슬쩍 인도로 빠졌다. 데모대의 대열에서 이탈했다. 안도의 숨을 쉬었다. 국회 의사당 앞에 집결해 있는 데모대를 먼발치에서 보다가 효자동 형님 집에 가 데모 소식을 무용담같이 이야기했다. 그리고 그날 밤 학교로 돌아가던 학생들의 피습 기사가 신문의 전면에 보도되면서 4월 19일 서울의 모든 학생이 일어났다.

나는 그날 집에서 한 발도 나서지 않았다. 뉴스만 들었다. 내가 겪은 4월 혁명은 그렇게 시작되고 진행되었다.

나는 혁명과 무관한 학생이 되었다. 60년 그해 민주주의가 무엇인가를 한꺼번에 보여 주었다. 민주주의는 어떤 결론을 가져다줄 것 같았다. 61년 봄까지 정말 좋은 세상이었는지 모르겠다. 다수가 좋았고 걱정하는 사람이 소수였는지 모른다.

어수선한 5월의 아침 서울의 거리는 탱크를 앞세운 무장한 군인이 점령했다. 5.16 군사혁명. 무엇인지 모르지만 나라가 변하는 느낌이다. 옛날로 돌아가는 것인지 새로운 세상으로의 변혁을 가져올 새로운 시점인지 알 수가 없다. 다만 눈으로 볼 수 있는 것은 질서의 확립이다. 거리질서부터 강요받았다. 횡단보도로 건너지 않으면 그 자리에서 연행되었다. 눈에 거슬리는 것은 용납되지 않았다. 깡패는 없어지고 밀수꾼은 잡혀가고 그 우두머리는 극형에 처해 본보기를 보였다. 일사불란한 통치체제는 일부로부터 열렬한 지지를 받았다. 그렇게 시작된 군사혁명이 꿈을 갖고 나라를 개혁하기 시작한 모양이다. 평가는 역사의 몫이다

나 개인적으로는 아무런 영향을 받지 않았다. 피해를 본 것도 없고 이익을 본 것도 없다. 그저 지배계층의 변화를 수용하는 것만이 우리의 몫인 것 같았다. 이렇게 박정희 시대를 받아들이고 그 밑에서 생활했다. 그리고 협조하였다.

나는 역사의 어떤 위치에서도 아무런 기여 없이 안주하였다.

유신 체제와 10.26

5.16 군사 쿠데타의 군부 집권 세력은 일정에 따라 시대 상황을 적절히 활용해 정권을 안정화시켰다. 나는 공무원이 되어 그들이 추구하는 최선의 목표를 수행하는 업무의 한부분에서 손발이 된 느낌으로 일했다. 그들에게는 국가 발전이라는 최선의 목표를 달성하기 위해서는 자신만이 그 일을 수행할 수 있고, 중단하는 것은 국가 민족을 위하여 의무를 다하지 않는 것으로 알고 있는 것 같았다. 생각을 달리하는 사람과 계층은 제거되어야 할 존재로 여기는 것 같았다.

73년경 국제 경제가 어려워 오일 쇼크가 일어났고 국내에서는 기업의 자금 사정이 어려워 사채시장 의존도가 높아졌고 그만큼 이자 부담이 가중되어 매우 어려운 상황에 처해 있었다.

사채 동결이라는 긴급조치를 내린다.

남북 대화의 물꼬를 트고 남북 대표가 오간다.

당장 무슨 일이라도 일어날 것 같다

10월의 어느 날 국회 국정 감사를 받는 중 10월 유신이라는 이해하기 힘든 조치가 내려진다. 나같이 단순한 사람은 국가 발전을 위한 집권 연장 수단으로 받아들였다. 다만 정치적 민주화를 부르짖고 반독재 투쟁에 앞장섰던 사람, 통일 지상주의자의 입지가 없어지는 것 같았다. 그리고 이들에 대한 탄압이 이루어지고 인권이 유린되었다.

민주주의의 후퇴 또는 말살이라고 표현된다.

그러나 나는 행정의 하부부서의 실무자다.

어제와 다름없이 일하고 생활하고 생각했다.

시끄러운 대로 표면적으로 안정을 취하며 세월은 간다.

국가 재정 상태도 좋지 않고 내자 조달의 필요성도 강해져 증세가 필요했다. 해결 방법으로 부가가치세가 도입되어 시행되었다. 시행 후 직접적으로 납세자의 세 부담이 증가되고 간접세인 부가가치세로 인해 그 세금이 소비자에 전가되어 물가가 급등했다.

국민의 불만은 고조되었다.

부마사태가 발생한다. 어떤 조직에서 조직적으로 일으킨 일이 아니라 학생이 앞장선 시민의 불만이 폭발한 현상같이 보였다.

사회 전체가 어수선했다.

종전의 방식대로는 근원적 해결이 어려울 것 같은 기분이다.

나는 10월 대전 공무원 교육원에서 교육을 받던 중이었다. 10월

26일 궁정동 안가에서 박정희 대통령이 서거했다는 뉴스와 함께 나라는 숨 막힐 정도로 급박하게 돌아갔다.

어떤 판단과 행동도 필요 없다.

숨죽이며 지켜볼 뿐이다.

사태는 예정대로 흐르는지 모르겠다.

준비된 자의 판단력과 결단력이 사태를 수습하고 권력을 잡는지 모르겠다.

새로운 군사 정권이 탄생한다.

그리고 역사는 제자리걸음이다.

변화를 싫어하는 계층은 흡족했는지 모르겠다.

5.18 광주 항쟁

10.26 사태 수습 과정에서 생각이 다른 여러 세력이 할거하기 시작했다. 학생과 민중을 등에 업은 민주화 세력은 강력히 민주화를 요구하고, 군부는 권력자만 바뀐 채 종전의 방법을 고수하며 안정을 유지하려는 모양이다

두 세력 간의 투쟁이 시작되었다.

권력을 가진 사람은 기존 질서를 유지하기 위하여 힘으로 억압했다.

민주화 세력은 이 기회를 놓칠 수 없었다.

힘에 밀린 마지막 보루는 광주였다.

민주화의 열망과 이를 억압하려는 세력에 대한 분노는 시민을 군과 총기로 대치하는 국면으로 만들었다. 훈련된 군은 무력으로 사태를 진압했고 시민은 역사의 뒤안길로 가 후세를 기다렸다. 이러한 사태에 대한 객관적인 보도는 없고 자신의 개인적 가치관에 따라 울분을 토로하거나 흥분했다.

나는 당시 울산에 근무하였다.

울산 공단에는 근로자 중 상당수가 전라도 사람이었다.

평소 그들의 애향심을 높이 평가했다.

그들을 이해하고 아픔을 함께하지 못했다. 이렇게 광주 항쟁은 묻히고 전두환 정권은 집권을 위한 하나의 과정으로 여기고 이 나라를 통치한다.

나는 다시 정권의 충실한 하수인이 되어 국가에 충성한다.

6.29 선언과 민주화

전두환 정권 말기 단임제 권력 형태에 따른 암투가 많은 모양이다. 현실은 군부 세력 간의 권력 이양이어야 하는데 다시 민주화의 불길이 인다. 이제 한꺼번에 무너질 수 있다는 불안감이 오는지 모르겠다. 학생 데모가 앞장서고 근로자도 합세한다.

후계 구도도 매끄럽지 못해 권력 암투 같은 현상이 보이기도 한다. 현실에 안주하고 살고 있는 사람은 불안하고 살기 힘들다. 결국 우여곡절 끝에 후계자로 지명된 노태우는 6.29 선언을 통해 대통령 직접 선거제를 받아들이고 본격적 선거운동에 돌입한다. 이제 국민은 자유당 때 이승만에 맞서 싸운 조병옥, 신익희와 박정희와 대결한 윤보선, 김대중을 생각한다.

노태우에 대항한 김영삼 김대중 김종필 3김이 단일화에 실패해 노태우를 대통령으로 만든다. 우리는 노태우를 진정한 민선 대통령으로 받아들이기는 거부감이 있었던 것 같다. 보통 사람의 시대를 표방했지만 대통령 자신은 보통 사람이 아니었다. 일부는 군사 정권의 연장으로 보았다.

이런 일련의 훈련과 생각이 선거를 통해 정권을 창출하는 전통을 만든다. 다음부터 정치술수에 능하고 세상을 통찰하는 능력 있는 사람의 높은 식견에 의하여 정권은 창출된다. 많은 사람이 민주적 방법에 의해 대통령이 되어 이 나라의 관리를 맡았다. 대통령이 되기까지 오랜 정치 역정에서 너무 많은 사람에게 빚을 졌는지 측근 비리가 너무 많고 국가 운영이 효율적이지 못한 단점이 드러나 옛날을 그리워하는 사람이 늘어나는 것도 하나의 단점이다.

거쳐야 하는 과정이라 생각하고 국민의 성숙을 기대해야 할 것이다.

생활 속의 변화들

한 세대를 살아가면서 몸으로 느끼는 변화가 많다.

생활 속의 변화는 먹고 자고 입는 것과 살아가는 도구의 발달이다. 나의 시작은 식민지의 국민으로 태어나 전쟁을 치르면서 궁핍한 생활부터다. 내가 기억하고 느낄 수 있는 것은 해방이 되고 6.25전쟁을 치르면서 생생해진다. 도시에는 판잣집, 농촌에는 초가집이 대부분이고 도시의 기와집노 그 규모가 지금의 기준으로는 말할 수 없이 작았다. 열 명 가까운 가족들은 열 평 남짓한 집의 두셋방에 엉켜 생활했다.

계절의 변화는 자연과 함께 느꼈다. 그때의 겨울은 유난히 추웠다. 방 안의 물은 꽁꽁 얼고 마당의 찬물 세수는 끔찍해서 피할 정도다. 밥상의 밥은 게걸스럽게 먹었다. 조금이라도 한눈팔거나 게으르면 자기의 몫이 준다. 가족 간의 생존 경쟁이다. 운동화나 양말은 때에 따라 받는 큰 선물이다.

이런 시절부터 시작하여 생활의 방법과 도구가 변한다.

대부분이 농민인 농경사회에서 산업화, 공업화가 되면서 인구의 도시화가 되어 생활 문화가 바뀐다. 자급자족을 최대의 이상으로 삼다가 우리의 살길은 수출뿐이라고 목표를 수정하면서 국제화, 세계화되어 우리는 가방을 들고 세계를 누비거나 가족을 끌고 세계 곳곳에 둥지를 튼다. 주거 문화는 아파트가 되고 난방은 장작에서 연탄 그리고 기름과 전기로 바뀌고, 여름 더위를 피하기 위해 냉방

시설도 한다.

　유선 라디오에서 점점 발전하여 방마다 TV를 보고 눕거나 앉아서 리모컨 하나로 모든 것을 조작 한다. 전화가 특권층의 전유물이자 부의 상징이던 것이, 이제는 누구나 휴대전화로 들고 다니며 모든 정보를 공유한다. 옷은 몸을 보온하는 당초의 목적을 떠나 자신의 몸치장을 위한 도구가 되어 철철이 명품을 구입해 상대적 우월감을 과시한다.

　문명 문화의 발달과 발전에 따라 사람이 편해지고 일이 줄었다.

　여유와 여가가 생겼다.

　실업이 늘고 문화는 창달된다.

　이제 나이 든 사람은 현기증이 날 정도인 발전의 속도를 따라갈 수 없다.

　문명의 도구를 조작할 능력이 없다.

　그래도 처지지 않으려고 열심히 노력한다.

　정말 상상하기 어려운 변화 속에 산다.

　머리는 아프지만 우리에게는 행운이고 행복한 시대다.

가족 이야기

함경도의 여진족 후예

나의 고향은 함경도다. 춥고 척박한 산악지대지만 해안가는 풍경도 수려해 살기 좋은 곳이라 한다. 사람들은 거칠고 억세지만 정도 깊다. 모든 일에 부지런하며 적극적이다.

나는 일찍이 고향을 떠나 고향을 알지 못하지만 고향 사람은 안다. 그들의 장점과 단점도 나 나름대로 안다. 사람은 각자 사람 나름이지만 그 지방 특유의 기질은 있는 모양이다. 거칠고 억센 것이 싫어선 듯 함경도 사람이라고 나서지 못했다. 누가 굳이 물으면 할아버지부터 서울에서 살았으니까 서울 사람이라고 둘러대었다. 아는 사람이 들었으면 손가락질했을 것이다.

이런 의식은 요즘 자기 고향에 대한 지나친 애향심에 대한 일종의 거부감이다. 고향 사람끼리 고향 말을 써가며 다른 지방을 우습게 여기거나 비하하고 끼리끼리 모여 자신의 이익을 챙기는 것이 요즘 세태여서 더더욱 그랬는지 모르겠다. 이런 나에게도 고향에 대한 향수가 있다. 외갓집에서 지내다가 다섯 살에 해방이 되어 일곱 살에 어렵게 삼팔선을 넘어 부모 품으로 왔다. 가물거리지만 일곱 살의 기억으로 고향을 보고 듣는다. 아름답고 좋은 점만 기억될 뿐이다.

이러한 함경도에서도 여진족의 후예다.

청해 이씨 23세손인 나는 우리의 뿌리에 대해 수없이 들었다. 아버지는 노년에 각종 사료, 조선왕조실록, 각종 글 등을 들추며 조상의 일들을 하나라도 놓치지 않으려고 노력했고 모은 자료를 모아 책을 엮기도 했다. 시조의 삶에서 후손답게 긍지 있게 사는 방법을 터득해 아이들에게 전해지기를 원했다.

시조는 고려 말 귀화한 여진족이다. 쿠란투란 티므르란 여진 이름을 가진 천호 족장이다. 여진족의 세력가라고 보아야 할 것이다. 많은 야사에서는 중국의 유명한 악비의 7세손이라든가 청나라 황족의 가문이라든가 하는 설도 있다.

임금이 귀화인에게 준 사성이 청해 이씨이고 이름은 지란이라 하였다. 이성계와는 의형제를 맺어 여러 전쟁에서 함께 싸웠고 조선을 개국해 1등 개국공신이 되었다. 두 차례의 왕자 난에서도 2등 공신이 되어 조선 개국 초에 대우를 받은 어른이다. 태조가 은퇴하자 영흥에서 시종하다가 고향 북청에 가서 중이 되어 속세를 떠났다.

72세까지 장수하셨다. 성공한 귀화인의 대표적 사례라고 한다.

나는 이러한 복합성을 내재하고 있다. 그러한 복합성이 융해되어 표현되고 있는지 모른다. 그것이 하나의 긍지가 될 수도 있으며 약점이 될 수도 있다. 내가 부인할 수 없는 내 내면을 인정하고 조정하며 살아가는 지혜를 갖기를 원한다. 오늘도 나는 함경도 출신의 청해 이씨 후손으로서 부끄럽지 않게 살아가려고 노력한다. 시조 할아버지가 보여 준 삶의 방법에서 현재에 맞는 삶으로 대응해 살 수 있도록.

북청 물장수

새벽마다

꿈길 밟고 와서

머리맡에

찬 물을 쏴— 퍼붓고는

그만 가슴을 디디면서 멀리 사라지는

북청 물장수

물에 젖은 꿈이

북청 물장수를 부르면

그는

삐걱삐걱 소리를 치며

온 자취도 없이

다시 사라져 버린다.

날마다 아침마다 기다려지는

북청 물장수

김동환 시인의 북청 물장수를 읽는다. 물장수를 바라보는 정감이 있는 느낌이다. 북청 물장수의 후예로 남다른 느낌이다.

나는 학창시절 김동환 시인과 비슷한 연배이신 큰아버님으로부터 북청 물장수의 이야기를 많이 들었다. 내 고향 북청 사람들은 유난히 교육열이 강했다. 추운 지방의 변방 북청은 산수가 유려하고 제 먹을거리는 해결되는 지역이나, 큰 부자는 없었다. 부농이라 해봐야 농경지가 많은 다른 지방과는 차이가 많았다.

1910~1920년대 새로운 교육을 받기 위해 서울로 모였다. 학비가 없어 어머니는 농사일을 열심히 하고 아버지는 서울로 와 아들의 뒷바라지를 하였다. 그 시절 가진 것 없는 사람으로서 가장 쉬웠던 것 중의 하나가 물장수였다. 공동 수도에서 집집마다 물을 날라다 주며 품삯을 받는 물장수에서부터 공동 수도권을 사들여 집집마다 물을 파는 물장수까지 있었다. 이런 일은 거의 북청 사람이 도맡아서 하여 북청 물장수가 되었다.

나의 할아버지는 종로 팔판동에서 개업 한의사였다. 경제적 여유가 생겼다. 고향 친지들이 와서 공동 수도권을 매입해 주면 돈을 벌어 갚겠다고 요청하였다. 돈을 꿔주었다. 뒤에 할아버지는 의사라는 직업에 싫증이 나서 그만두고 공무원이 되어 서울을 떠났다. 큰아버지가 공부하면서 돈을 받아 썼다고 한다.

큰아버지는 이런 일화들을 이야기하면서 숨어 있는 물장수 정신으로 세상을 살아야 한다고 했다.

물장수는 정직해야 한다.

모두 잠든 새벽 물을 공급해야 하기 때문에 그 집 물건이 하나라도 없어지면 의심을 받을 수밖에 없다. 부엌을 드나들기 때문에 아무리 작은 것이라도 눈길을 주어서는 안 된다. 북청 물장수는 그러한 일이 없다.

물장수는 부지런해야 한다.

추운 겨울 모든 물이 얼 때 물을 배달하는 것이 얼마나 힘들고 고통스러운지는 상상하기도 힘들다. 모두가 잠든 새벽에 일찍 일어나 매일 반복해야 하는 것은 자기와의 싸움이다. 한 번이라도 게으른 생각이 들면 다음 날부터 하기 힘들다.

물장수는 책임을 져야 한다.

매일 어떤 일이 있어도 그 집 주부가 부엌에 나갔을 때 독에 물이 채워져 있어야 한다. 그렇지 않으면 그 집의 아침은 시작되지 않는다. 책임 의식이 없으면 적당히 하게 되고 적당히 하면 못 하게 된다.

나는 북청 물장수를 통해 고향을 알고 긍지를 갖는다. 누가 비아냥조로 물장수 후손이라고 해도 웃어줄 만큼의 여유를 갖고 있다.

이러한 영향 때문인지 내 고향 북청 사람들은 무척 열심히 사는 것 같다. 또순이라고 아바이라고 곱지 않은 시선을 보내기도 한다. 되도록 남에게 피해를 주지 않으려고 노력을 하지만 자신이 가진 것을 쉽게 내주지 못한다. 인색한지도 모른다.

교육에 대한 열정은 본인도 열심이지만 아이들의 교육에도 많은 투자를 하며 교육기관도 설립한다. 큰 부자의 학교가 아니라 자기의 전 재산을 출연하는 형태다. 나는 내가 들어 왔던 이야기를 아이들에게도 전해 준다.

전설같이 되어 버린 북청 물장수의 정신을.

아버지와 아들

강릉에 큰집이 있다. 큰아버지 내외만 살고 있다. 큰아버지는 1904년생이신 우리 집안의 어른이다. 61년 겨울 큰집에 반년 동안 가 있었다. 저녁상을 물리면 옛 집안 일들을 이야기해 주었다. 가계에서부터 전통 관습 시대상 등 다양한 주제의 이야기였다. 개인적으로는 정규 교육을 마치고 법조인으로 외길을 걸어오면서 겪은 긍지와 아픔을 함께 전해 주었다.

큰아버지 어릴 때 고향에서 4대가 한방에서 식사를 했다. 밥상을 두 상 차려 각각 할아버지와 손자가 식사를 했다. 자연히 손자와는 대화가 있고 부자지간에는 거의 대화가 없었다고 한다. 고조부는 집안을 일으킨 분으로 그 지방의 어른 행세를 하셨다. 어찌나 목소리가 우렁찬지 별호가 따 소나기(아마 천둥을 뜻하는 의미)라고 했다. 자연히 아들은 움츠러들어 다른 지방에 가서 서당 훈장이나 하면서 겉돌았다. 대신 손자는 할아버지의 귀여움을 받고 인정을 받았다. 상대적으로 큰아버지는 자신의 할아버지에게 사랑을 받았다고 한다. 4대가 한집에 살면서 할아버지와 손자의 관계만 돈독하게 보였다.

내가 태어나던 해 나의 할아버지는 돌아가셨다. 큰아버지와 아버지는 50~60년 가까이 돌아가신 아버지를 생각하며 살았다. 서운하고 섭섭한 감정은 전부 없어지고 그리워하고 존경하는 감정만이 남아 있다. 당신들의 아버지처럼 존경스러운 사람은 흔치 않다고 우리에게 이야기하곤 했다.

큰아버지에겐 아들만 하나 있다. 나에겐 사촌형이다. 손이 귀한 집이라 유난히 가까웠다. 보통 친형제 이상이다. 유난히 순수한 성격이어서 10년 연하의 나에게도 못 하는 이야기가 없다. 병고에 시달리는 어려운 생활을 하면서 자신의 수명이 얼마 남지 않았다는 것을 알고부터는 더 많은 이야기를 했다. 자기는 아버지로부터 할아버지를 존경한다는 이야기를 수없이 들어왔지만 자신은 아버지를 존경할 수 없다고 단언했다. 어렸을 때 맺힌 것이 많았던 모양이다.

사촌형은 그렇게 자신의 아버지보다 먼저 세상을 떠났다. 아버지에 대한 그리움 그리고 섭섭했던 일들을 지울 시간도 없이 먼저 가

버렸다. 아마 몇십 년 생각하면서 살 기회가 있었다면 존경까지는 몰라도 이해는 할 수 있지 않았을까 하는 생각이 든다.

나는 내 아버지를 생활인으로 이해할 수는 있어도 존경까지는 이르지 못했다. 평생 교직에서 생활해서 사고와 행동에 한계가 있다고 느끼고 넓은 사회경험이 부족해 편협하다고 생각하여 구체적인 조언도 무시한 경향이 있었다. 이제 아버지와 헤어진 지도 5년이 되어 온다. 아버지가 그립다. 이해된다. 내가 아버지 입장이 되어도 그렇게 행동했으리라 생각한다.

나에게도 두 아들이 있다. 아들의 눈에 비친 아버지는 어떤지 알 길이 없다. 물을 수도 없다. 그러나 아버지를 존경하지는 않는 것 같다. 그러나 나 나름대로 변명은 하고 싶다. 너도 살아 봐라.

속속들이 아는 사람으로부터 존경을 받을 수 있는 삶을 살아갈 수 있는 사람이 얼마나 될까. 나는 최선을 다하여 성실하게 살려고 노력을 한 것만이라도 인정해 달라고 이야기한다. 아이들은 별 반응이 없다. 요새 자기 부모를 존경하고 사는 아들이 얼마나 되느냐는 눈치다. 나도 한 다리 건넌 손자가 더 가까이 느껴지는 것도 이런 연유인지도 모르겠다.

어느 날 아이들하고 대화하는 시간에 아이들로부터 인정받고 싶어서 이런저런 이야기를 했다. 아버지 때문에 피해 보는 일은 없을 것이다. 어디 어떤 때라도 아버지를 밝힐 입장이면 떳떳이 밝혀도 좋다. 만약 아버지에게 호의적이지 못하면 그 사람은 아버지를 모르는 사람이구나, 만약 아버지와 많은 관계를 갖고 있었더라면 그렇지 않았을 것이다, 이런 자부심을 갖고 살라고 나름대로 큰소리쳤다.

나도 이제 아이들이 30년쯤 그리워하고 생각하며 살 기회를 주어야 할 것 같다. 앞으로 살아가는 동안 힘들고 어렵게 하지 말아야겠다. 나는 영원히 아들의 보호자이고 싶다.

내가 없더라도 어려울 때 아버지를 부르며 도와 달라고 갈구하기를 희망한다.

아버지

아버지는 여리고 약했다. 표현은 강하고 냉정하게 하려고 애썼지만 속내는 그렇지 못했다. 상대방이 강하게 나오면 슬그머니 돌아섰다. 나는 이런 아버지 밑에서 컸다. 아버지를 대하는 방법을 안다. 아버지는 늘 나에게 졌다. 후에 알았지만 아버지는 진 것이 아니고 져주었다.

아버지는 기미년 삼일운동 1년 전에 태어나서 사범학교를 마치고 어린아이의 교육을 담당하는 선생으로 사회에 진출했다. 일찍이 정혼해 미래를 설계하였다. 할아버지로부터 자신에게 물려줄 전답을 처분해 일본으로 유학을 가도 좋다는 제안을 받고도 장래가 보장되는 안정된 삶을 추구해 현실에 안주했다. 해방이 되고 남북이 분단

되어 토지는 몰수되고 남쪽으로 내려와 경제적으로 어려움이 닥치자 후회하기도 했다.

해방 후 일본인들의 철수로 그들의 자리가 비게 되었다. 교육계도 마찬가지였다. 교장 교감의 빈자리를 채울 때 아버지는 서울의 변두리 한 초등학교 교감선생님이 되었다. 서른도 채 안 된 교감이다. 그 시절에는 그렇게 이상할 것 없는 현상이다.

6.25, 4.19, 5.16… 혼란과 변혁을 거치면서도 학교를 떠난 생활을 해본 적이 없다. 서울 시내 초등학교 교감이라는 변화 없는 생활을 했지만 현실에 순응하며 열심히 살았다. 20여 년의 교감생활을 마치고 교장으로 승진했다. 그사이 인간적 고뇌가 많았지만 속으로 삭혔다. 자신의 무능을 탓하는 경우는 종종 있었다. 어머니와는 성격도 다르고 현실을 보는 시각도 달랐다. 두 분은 자주 다퉜다. 그러한 표현을 자식들 앞에서 숨기지 않았다. 부부간에 사이가 나쁘다면 일찍 헤어질수록 더 행복할 수 있다는 이야기를 자연스럽게 했다.

공직자의 박봉으로 생활해야 하는 우리는 늘 궁핍했다. 불만이 많았다. 불만의 화살은 아버지에게 갔다. 아버지 자신도 불만이 많았다. 지출을 알뜰히 하지 못하는 가족에게 책임을 돌리곤 했다.

다섯 자식의 교육에는 열정적이었다. 자식들이 기대에 부응하지 못해 불만을 토로하곤 했다. 모두 다 제 능력으로 돌리고 체념했다. 아이들이 성장해 흩어지고 두 분만 남았다.

교육공무원으로 정년을 마치고 퇴직교원 단체의 사무국장으로 팔십 중반까지 일을 했다. 직업의 특성상 다양한 취미활동을 할 수 있었다. 그림, 서예, 스케이트, 육상, 수영, 등산… 못하는 것이 없을 정도로 열정적으로 몰입했다. 아버지는 70대 후반 별 장비도 없이 설악산 대청봉을 젊은이와 함께 등반했을 때 뒤쫓아 오며 힘들어하던 젊은이들이 정상에서 사인을 요구할 정도로 매우 건강했다. 붓글씨는 수준 이상이나. 말년에 하루 천자 이상씩 쓰면서 소일하였다.

자신의 인생을 정리할 때가 되었다고 생각하면서 산소 걱정을 하였다. 가족 묘지를 정리하겠다고 하여 말렸다. 한참 생각하더니 어머니와 합장묘를 만들고 상석을 비석 대용으로 만들어 자신의 이름까지 새겨 두고 테이프로 덮었다. 돌아가신 후 어머니 옆에 매장하고 테이프를 떼어 냈다. 그렇게 하여 뒷사람의 일들을 다 하고 갔다.

살던 집은 장손에게 생전에 공증해 상속했다.

살아 있을 때 모든 정리를 했다.

어머니와 서로 보완하면서 일생을 함께했다. 서로가 흉보면서 그리고 싸워 가면서 칠십의 후반까지 함께했다. 어머니를 먼저 보내고 외로워했다. 어머니가 불교신자였다고 불경을 틀어 놓고 어머니 사진 앞에 향을 피우며 앉아 있는 모습을 종종 보았다.

우리는 결혼 초 2년을 모셨다. 그리고 분가했다. 뒤에 우리가 모셔야 한다는 의사를 표시하기도 했다. 정년퇴직해 둘만 있을 때 같이 살자고 하였다. 정년퇴직 후에는 둘 중에 하나만 있을 때 모시라고 하더니 그 후에는 거동이 불편할 때 가겠다고 하였다. 결국 병원에서 퇴원해 일주일 우리 집에 계시다 돌아가셨다.

이제 아버지를 그리워한다. 5년이 지난 지금 아버지에 대한 그리움과 인간다운 면모가 더더욱 가슴에 사무친다. 내가 내 아들과의 느낌에서 우리 아버지를 생각한다. 이렇게 반복하며 살아가는 모양이다. 우리 아이들도 먼 후일 내가 아버지를 생각하듯이 자기 아버지를 생각하겠지.

어머니

엄마 하고 불러 본다. 중학교 다닐 때까지 엄마라고 불러 주위의 핀잔을 받곤 하였다.

어머니는 내 영혼의 고향 같다. 어머니는 일찍 아버지를 여의고 증조할머니, 할머니, 어머니 이렇게 세 분의 어른 밑에서 무남독녀로 자랐다. 고향에서는 조 부잣집 외동딸로 특별한 대접을 받았다.

초등학교 시절 이미 정혼한 때라 진학을 포기하고 일찍 결혼했다. 불만이 많았다. 어머니의 많은 재산이 결혼에 영향을 주었을 것이라는 것은 아무도 부인하지 않았다. 나를 맏이로 3남 2녀를 낳고 교육자 부인이라는 제약으로 평생 위축되어 살았고 경제적 어려움에 적극적으로 대처하며 살았다.

나는 어머니와 7살 때부터 생활을 같이했다. 그 전에는 외가에 있다가 어머니에게 왔다. 3대 세 분의 할머니 밑에서 버릇없이 큰 나를 감싸 안았다. 맏이가 무조건 우선이고 모든 것이 내 위주다. 동생들의 불만이 컸다.

6.25시절 부산으로 피난 가서 자갈치 시장의 좌판에서 음식도 팔고 미용학교에 다녀 미용사 자격도 취득했다. 서울에서 미장원도 하고 남대문시장에서 옷도 팔고 집 장사도 해서 집을 두 채나 지어 판 실적도 있으며 우리가 사는 집을 직접 짓기도 했다. 경제적으로 무능한 남편을 대신해 가계를 꾸려 나갔다.

무리를 했다 일이 잘못되어 주위로부터 비난을 받기도 했다. 어려울 때 아무도 어머니 편에 서지 않았다. 결과에 대한 비난만 하고 책임만 따졌다. 별 변명 없이 난관을 헤쳐 나갔다. 장남으로서 아무 역할도 못 했다.

장남을 자랑으로 여겼다. 모든 것을 긍정적이고 호의적으로 평가했다. 장남에게는 아무 잘못이 없다. 언제 어떤 장소건 장남 이야기만 나오면 자랑 일변도이다. 어쩌다 전해 들으면 부끄러워 고개를 못 들 정도다. 그러지 말라고 해도 내 기분에서 하는 이야기 말리지 말라고 한다.

내가 군에 입대해 훈련 중인 논산 훈련소에 직접 내려와 훈련하는 모습을 먼발치에서 확인하고 가야 마음을 놓았다. 장남에 대한 편애 때문에 동생들의 불만이 많았다.

여행을 좋아해 주위 사람들과 전국 방방곡곡 돌아다니더니 해외까지 진출해 아들을 조마조마하게 했다. 아버지는 통 큰 여자의 치맛자락 붙들고 다니는 형상이었다. 노인정 드나들며 노인정 살림을 맡기도 하였다. 아무도 말릴 수 없었다. 음주도 적당히 하고 낙천적으로 생각하고 생활하였다.

70대 어느 날 주무시다 뇌일혈로 깨어나지 못하고 그냥 잠드셨다. 이제 10년이 지난 지금도 나는 어머니를 그리워한다. 내가 내 가치로 합리적이라고 생각하고 어머니를 대했을 때 어머니는 어떻게 생각을 하였을까. 어머니는 한 번도 나를 객관적 기준의 잣대로 평가하거나 이해관계에 따라 행동한 적이 없다. 무조건 아들 편이었고 아들을 옹호했다. 어떤 이유도 없었다. 아들이 좋아하고 기뻐하면 그대로 했다.

이런 아들은 어머니를 위해 자기를 버린 적이 한 번도 없다. 어머니를 위한다는 것이 주위의 눈치나 보면서 도리를 생각하며 마지못해 하는 일이 태반이다.

10여 년 어머니를 생각하며 그리워한다. 그리고 잘못한 일들을 후회한다. 이제 어머니 곁에 가서 어머니에게 어리광을 부리며 섭섭함을 풀어 드릴 생각을 한다.

괴팍하고 이상한 아버지

내가 아들일 때 내 아버지에 대해 여러 가지 평가와 감정을 가졌다. 아버지로부터 양육당하고 아버지가 바라는 인간이 되도록 만들어져 갔다. 자신의 못 다한 꿈을 아들을 통해 실현하려는 듯이. 이런 아버지가 부담스러워 아버지로부터 받는 것을 최소화하고, 받은 것은 갚겠다고 다짐했다.

나는 아들을 낳아 기르면서 되도록 사율에 맡겼다. 살아가는 시혜라든가 지켜야 할 원칙 같은 것을 강조했다. 그중 하나가 살아가면서 신세를 지거나 빚을 진다면 반드시 갚으라고 하였다. 대가 없는 거래는 없다는 것을 강조했다. 부모와 자식의 관계도 다를 것이 없다고 강조했다. 조상전래의 농경사회에서의 삶의 방법하고 다르다. 부모가 일정한 수준까지 키워 놓으면 그 이후는 자신의 몫이라고 교육시키고 주장하였다.

그 이후의 수혜는 빚이다. 그 빚은 갚을 수도 있고 탕감 받을 수도 있지만 빚이라는 사실을 부인해서는 안 된다고 아들에게 이야기해 왔다. 이렇게 길러서 사회에 내보냈다. 그리고 각각의 가정을 갖고 자기의 삶을 영위하고 있다. 이제 아버지와 아들이 묶일 이유가 없다고 생각했다.

아이들의 생활 태도는 나와 달랐다. 이해되지 않는 부분이 너무 많다. 자신의 수입에서 일정 지출을 하고 저축하는 태도가 아니고 필요한 삶을 유지하며 지출하는 것이다. 쓰고 보자는 주의다. 가진 것이 있으면 그것이라도 처분해 쓰고 그리고 주위로부터 도움을 받을 수 있다면 도움을 받고 현재를 살아가는 것이다.

현재를 수정한다는 것을 힘들어한다. 구체적으로 분에 넘치는 넓은 아파트, 차, 그리고 육아비용 등…. 어느 하나도 나의 기준으로 이해하기 어렵다. 용납되지 않아 못 본 척할 양이면 정말 아이들이 필요할 때 도와주어야지 후일 그렇지 않을 때 준다고 해도 효과가 없다고 주위에서 핀잔을 준다. 그것도 맞는 이야기다. 능력이 되면 해주려고 생각한다. 능력도 없다. 아이들과 보는 시각의 차이가 생긴다.

가진 것 이것저것 쪼개서 마지막 삶의 계획을 세운다. 돌발사태가 수없이 잠재해 있다. 대응 능력을 갖춰야 한다. 불행해질 수는 없다.

아이들에게 반복해 강조한다. 치사하다. 너희가 학업을 마치고 쓴 돈은 모두가 나에 대한 빚이다. 구체적으로 일일이 열거할 수 없지만 예를 들어 후일 거동하기 어려워 요양원에 있다고 해도 그 비용에 짜증을 내면 안 된다. 그것은 나에게서 쓴 빚을 갚는 것이니까. 건방지게 효도 운운하면서 스스로 자위할 생각을 말아라. 그래야 너 자신도 짜증이 덜 나고 네 가족에게도 떳떳할 수 있으니까.

이런 이야기 저런 생각을 구구절절 하는 내 신세가 한탄스러울 때가 있다. 그러나 나는 나의 아들에게 주입시켜 나에게서 도움을 받을 때나 또 그것을 갚을 때도 떳떳해지기를 바란다.

자식에게 재산을 모두 주면 굶어 죽고 반만 주면 쪼들려 죽고 안 주면 맞아 죽는다고 하는 요즘 세상에서 준 것을 돌려받겠다는 아버지를 사람들은 괴팍하고 이상한 아버지라고 단정해 버린다.

아들

손이 귀한 집에서 아들만 둘을 두었다는 사실 하나만으로도 흐뭇해했다. 딸 가진 부모보다 아들 가진 부모가 당당했던 시절 집사람은 둘째 출산 때도 마음 조리며 아들을 갈망했단다. 응어리진 설움을 한방에 날리는 기분으로.

어떻게 키워야 하는가 하는 생각을 늘 하고 지냈다. 나의 지나온 과정을 거울삼아 어떻게 키워야 하는가보다 본인이 어떻게 키워 달라고 요구하는 잠재의식을 관찰하여 본인의 뜻대로 키워 갔으면 했다. 본인이 싫다는 것은 절대 시키지 않았다. 유치원은 보내지 않고 미술, 체육, 피아노 등 교양인으로 살아갈 바탕만 마련해 주려 했는데 본인이 싫다고 하여 그만두게 하였다.

공부도 본인의 욕구가 강해 과외나 학원을 원하면 해주려 했는데 전혀 그런 의지가 없어 해보지 못했다. 남들처럼 배정받은 중학교, 고등학교를 다니며 평범하고 건강하게 커 갔다. 두 아이의 개성이 나타나기 시작하였다.

큰아이는 책을 읽고 음악을 듣고 공부하고 그 이외의 것은 시간의 낭비라고 생각하는 모양이다. 사회성이 없어 세상살이 힘들게 될 것 같아 큰일이라 생각했다. 어떻게 방향을 틀어 보려고 시도했으나 갈등의 폭만 깊어지는 것 같았다. 그냥 두기로 했다. 사람은 환경의 변화에 따라 수없이 변화하는 것이니까.

둘째는 재치 있고 순발력이 뛰어나다. 적응력도 있다. 그러나 끈기 없고 가벼워 보일 수 있어 걱정이다. 신중하게 생각하고 행동했으면 하는 바람이다.

두 아이 다 지켜만 보았다. 좌절과 절망의 늪에서 헤어나지 못할까 봐 걱정하면서도 따뜻한 손길 주는 것 자체가 간섭이라고 생각하고 지켜보기만 했다. 둘 다 늦게 사병으로서 최전방 철원, 양구에서 군복무를 했다. 그렇게 고생을 하여도 속수무책 마음이 아팠다. 사회에 진출하여 자신의 길을 가고 있다. 큰아이는 제 나름대로 문화의 속에서 제 인생을 살며 만족해하고 작은아이는 자신의 목표를 이루어 집안의 3대째 법조인의 명맥을 이어줘 고맙다. 이제 둘 다 자기들이 선택한 결혼을 하고 분가해 독립된 자기 생활을 한다.

아들 가진 부모의 섭섭함을 이야기한다. 시대의 흐름을 제대로 알지 못한 우매함이다. 30년 키운 아들 결혼식 30분에 남이 된다고 한다. 결혼시켜 분가할 때 이미 내 곁에서 떠났다. 자기 삶을 충실하게 살아 주었으면 한다. 국가를 위하고 사회에 기여하고 자기가 만든 가정을 위하여 충실하게 살아 주면 부모의 섭섭함도 해소될 것이다.

내 부모도 똑같은 생각을 하고 살다 갔을 것이다. 다만 내가 느끼지 못하고 나름대로 잘했다는 자위에 그냥 편하게 넘어갔을 뿐이다. 아들을 생각하며 나도 아들이었음을 생각하게 된다.

며느리

나이만 기준으로 해서 볼 때 결혼 적령기인 두 아들이 결혼할 생각을 하지 않는다. 늦은 나이에 가정을 만들고 꾸려 나가는 것이 얼마나 힘들 것인지 아는 부모로서는 더욱 초초해진다.

결혼에도 조건과 대책이 있어야 하는 모양이다.

현실적으로 준비된 결혼은 어렵다.

그냥 하고 보는 것이라고 조언한다.

그중 가장 힘든 것이 결혼 상대다.

세속적인 조건을 따지지 않을 수 없고 따져서 선택한 결혼이 행복하다는 보장도 없고 뒤에 원망 듣고 후회할 수 있어 단정적으로 강요할 수 없어 아이들 눈치만 보게 된다. 나 자신도 부모의 조언을 무시하고 직감적 느낌과 첫눈을 우선했다는 생각이 든다. 결혼생활은 힘들고 후회스러울 때도 있지만 자신의 선택에 책임을 져야 한다는 생각에서라도 아름다운 모습을 보여 주려고 노력하게 된다.

성장 과정과 환경 그리고 생각이 다른 두 사람이 결혼을 하고 생활을 같이한다는 것이 쉬운 일은 아닌 것 같다. 나도 두 아들에게 나와 같이 본인 스스로 선택할 수 있도록 조언했다. 다만 결혼은 당사자뿐만 아니라 두 집안의 연결도 된다는 점을 고려했으면 좋겠다고 했다.

두 사람은 각자 자신의 배우자를 선택하였다. 어떠한 말도 아꼈다. 잘못 한 말이 평생 상처가 되어 부모 대접을 받지 못할까 두렵다. 그냥 좋은 이야기만 하였다. 가정을 이루고 독립해 생활한다.

아이를 낳아 기르고 살림 꾸리기에 힘겨워 한다.

며느리는 흠 잡을 것 없이 깔끔하게 처신한다.

부모가 낄 틈이 없는 것 자체가 불만이다.

더더욱 일하는 며느리에게는 말도 아끼게 된다.

유형적으로 도울 수 있는 것 이외에는 아무것도 할 일이 없다. 아들이 내 아들이라 아들과 함께하는 사람이 내 소속이라는 생각은 주제넘은 생각이라는 사실을 깨닫게 된다.

며느리를 딸같이 생각하고 대하라고 한다. 딸이 없는 나는 비교할 수 없지만 딸보다 더 신경 쓰고 어렵게 대한다고 생각한다. 내 아들의 가정과의 가교는 며느리라는 사실을 잊어서는 안 된다. 씁쓸하다. 며느리에게 잘 보이고 서운한 생각 안 들도록 처신을 잘 해야겠다는 생각에 한없이 작아지는 시부모를 본다.

평생 시집가서 기를 펴지 못하고 살았다는 마누라의 이야기는 신화가 되는 모양이다.

손자

　손자 손녀의 사진을 휴대전화 바탕화면에 깔아 놓고 볼 때마다 흐뭇한 미소를 짓고 있는 할아버지 할머니를 곧잘 본다. 모임마다 손자 손녀 자랑에 열을 올리고 있으면 분위기 깬다고 돈 내고 하라고 하다가 요즈음은 돈을 주면서 그만하라고 부탁한다고 한다. 그만큼 손자 손녀가 절대적 존재로 가슴에 담겨 있다.

　나에게도 손자가 있다. 보통의 다른 할아버지와 다름없이 나에게도 절대적 존재다. 머리와 가슴을 가득 채우고 있다. 2주에 한 번 일요일 11시 반에서 오후 5시 정기적으로 만나고 있다. 11시가 지나면 마음이 들떠 있는 자신을 본다. 신경이 현관에만 가 있다. 들어오는 소리만 나면 반사적으로 나간다. 손자의 모습만 들어온다. 선잠에서 깨어난 짜증스러운 얼굴이 대부분이다.

　칭얼댄다. 가만히 안아 본다. 심장의 박동이 전해 온다. 내 심장의 박동과 일치되는 기분이 든다. 꼭 껴안고 있다. 손자도 무었을 느끼는지 할아버지를 꼭 껴안고 가슴에 파고든다.

　한없는 행복의 희열을 느낀다.

　점심을 먹고 이리저리 뒹굴고 뛰어놀기도 하고 놀이터에 데리고 가서 놀기도 한다. 끝 방 베란다에 우리만의 공간을 만들어 둘이서 이런저런 이야기를 한다. 처음에는 알아들을 수 없는 말들을 해 저의 어머니 통역이 필요했는데 지금은 자신의 의사를 정확하게 전달한다. 순수함이 묻어 있는 깜짝 놀랄 말을 던져 대견해지고 흐뭇해

한다.

여기까지가 할아버지의 행복같이 느껴진다.

손자도 요사이 세태에 따라 남들이 하는 것을 한다. 학교 수업이 끝나기 무섭게 다양한 학원, 체육관을 오가며 힘들어한다. 아이에게 어디까지 필요한 것인지 감당할 수 있는지 효과는 있는지 뒷날의 결과는 어떨지 판단이 서지 않는다. 무조건 나의 사고로 아이의 생활을 간섭할 수 없는 위치에 있다는 것은 안다.

갈등을 느낀다.

집사람은 한 술 더 떠 아이의 장래는 아이의 자질과 어머니의 정보력, 할아버지의 경제력의 결집체라고 한다. 나는 내 손자가 힘들어하지 않고 맑고 밝게 자라 주었으면 한다. 사회성 있는 건강한 인격체로 그리고 그렇게 성장하고 있는 손자를 지켜볼 수 있는 시간을 갖고 싶다. 손자에게 멋있는 할아버지로 기억될 수 있는 모습을 보여 주면서.

너무 큰 소망이라는 것을 알면서.

보이는 것들, 하고픈 말들

공부와 학력

나는 비교적 기억력이 좋았던 모양이다. 어려서 말을 빨리 했다고 한다. 똑똑하다고 주위로부터 칭찬을 많이 받았던 것 같다. 그리고 남들보다 공부를 할 수 있는 여건도 유리했다. 교직에 있는 아버지는 아들의 교육에 많은 관심을 보이고 교육의 효과에 만족하면서 무척 자랑스럽게 여겼다. 교육의 효과를 평가하는 경쟁은 수시로 이루어져 서열을 정해서 줄을 세웠다. 우리는 그러한 경쟁을 당연시하고 순응했다.

초등학교 시절 제법 하던 공부는 중학교 들어와 회의와 함께 게을러지고 공부를 멀리하는 명분을 찾기에 바빴다. 통상적인 공부 외에 할일이 갑자기 많아졌다. 소설도 보고 영화도 보고 운동도 하고 친구와 어울려 놀러 다니기도 하고… 시간이 없다. 부모의 감시

와 감독도 소용이 없다. 거짓말만 는다. 경쟁 체제에서 밀려 끝자리
에서 맴돌고 있다. 공부의 평가인 성적표를 부모에게 보이고 질책
받는 곤욕은 점점 힘들어진다. 그렇다고 공부는 멀리하고 성적만
올라갈 수도 없다. 이렇게 해서 공부가 멀어졌다.

중학교에서 고등학교 진학을 어렵게 하고 대학은 공부를 열심히
하지 않아도 되는 쪽을 선택하려고 했다. 주위에서 객관적으로 조
언을 해주는 사람으로부터 여러 이야기를 듣고 나 자신을 냉정하게
평가하고 앞으로 살아갈 일들을 걱정했다. 나는 내 능력과 적성 그
리고 내 환경이 내 노력과 함께할 때 내 삶이 건전하게 전개되리라
는 막연한 그림을 갖고 있었다. 사회 진출의 범위가 넓은 문과 계열
을 택하고 법과 대학을 가기로 마지막에 결정했다.

대학을 갔다고 갑자기 안 되던 공부가 되는 것은 아니었다. 방황
의 시간을 거쳐 목표를 정해 공부하기 시작했다. 초등학교 이후 제
일 많이 한 공부였다. 그러나 두 번의 시험에 떨어지고 결국 책을
덮었다. 그리고 군에 입대하며 공부와 이별이라 생각했다. 그러나
그 후에도 공무원 채용시험, 사무관 승진시험을 위하여 또 공부하
고 직무를 원활하게 수행하기 위하여 책을 늘 가까이해야 했다.

공부는 힘들고 고달프다. 즐기면서 스스로 만족하며 할 수가 없
다. 어떤 성과를 요구한다. 성과는 외형적으로 나타나야 된다. 때문
에 경쟁을 유도한다. 경쟁 체제 없이 성과를 기대하기 어려운 것이
현실인 모양이다. 모든 분야가 서로 경쟁하는 데서 발전이 있고 성

과가 있다. 경쟁을 하고 있는 당사자는 한없이 고달프고 힘들다. 스스로 경쟁을 포기하거나 국외자가 되고 싶다. 주위에서는 낙오자라고 손가락질한다. 견디기 힘들다. 그러나 사회구조는 낙오자를 위한 배려가 없다. 전체를 낙오시켜 전체를 어렵게 만들 수 없다. 때문에 우리는 별 의식 없이 경쟁을 받아들이고 스스로 경쟁하며 힘들어하는지 모르겠다.

사회 모든 분야가 경쟁 체제다. 경쟁하며 순위를 정한다. 스포츠 분야는 특히 더하다. 그들은 시합을 통해 기량을 발휘하고 승부를 결정한다. 공정한 룰에 의하여 경쟁한다. 그리고 순위를 정한다. 그에 따라 사회적 지위가 결정된다. 그 사실에 대해 아무도 이의를 달지 않는다. 아마 공정한 룰에 따라 경쟁하기 때문에 그 결과에 승복하는지 모르겠다. 심지어 가장 평등하다는 공산주의 체제에서도 그들은 권력서열을 표시한다. 프로 권투선수의 랭킹 발표하듯이.

두 아들을 보면서 생각한다. 아들의 세대는 입시지옥으로부터 해방이라는 명분으로 중학교, 고등학교를 추첨에 의해 진학했다. 어린 학생이 밤늦게 공부한다거나 과외선생 집을 전전하거나 학원을 돌고 하는 일은 없었다. 학교에서 선생님이 시키는 공부만 따라 하면 시간이 해결해 준다. 특별하지 않으면 부모의 걱정이 없다. 자식의 지적 수준이 어느 정도인지 객관적 평가를 모르고 있으니 자신의 자식만 똑똑한 것으로 착각했다. 둘 다 원하는 대학의 입학에 실패하고 대입 전문 학원을 다녔다. 분위기는 우리의 입시준비와 같았다. 정기적으로 보는 모의고사에서 전국 순위가 나오고 원하는 대학에 갈 수 있는지가 판명된다. 여태껏 기만당한 기분이었다. 학교에서 알아서 해줄 줄 안 것이 큰 착각인 모양이다. 그들은 이렇게 경쟁하여 자기를 계발하고 원하는 대학에 진학했다.

이제 평준화의 병폐가 드러난다. 그리고 보완책을 생각한다. 학교가 학업을 전담하는 곳이 아니게 되었다. 이제 학교 이외의 곳이 더 중요한 비중을 차지하고 있다. 새로운 타성에 젖은 관계자들은 변화를 거부한다. 심지어 학생들의 학력평가 자체를 거부하는 것을 볼 때 문외한이라 자세한 것은 알 수 없지만 관계자 스스로의 평가로 우열이 가려지는 것이 두려워서 그러는 것 같은 생각이 든다. 모든 조직은 경쟁을 필수로 하고 경쟁의 승자만 살아남는다. 어디에도 예외는 없다. 예외를 주장하는 기득권 사회는 스스로 그 값을 치를 때가 올 것이다.

이제 우리는 경쟁 체제를 부정하고 새로운 제도를 시험하려고 노력한다. 경쟁 당사자에게는 달콤하기 짝이 없다. 정말 반갑다. 그러나 정말 그러한 사회와 현실은 가능한지 의문이 간다. 그것을 주장하는 사람이 어떤 저의가 없는 자신만의 이상 세계라면 그것을 무작정 타인에게 강요할 것이 아니라 자신의 영향력에 있는 주위로부터 조용히 실천하기를 바랄 뿐이다. 그리고 그 결과는 겸허히 받아들이고 주위에 알려 확산되기를 기대하는 것이 현명한 방법 같다.

공부의 경쟁은 학력으로 나타난다. 그 학력은 사회생활의 훌륭한 도구로 이용된다. 도구는 도구일 뿐이지 간판이 될 수 없다. 그러나 본인은 간판으로만 사용하고 도구로 활용하려 하지 않는다. 본인은 고달팠던 경쟁의 승리자로서 보상을 충분히 받고 싶어 한다. 도구를 활용할 장소를 손쉽게 제공받을 수 있다는 그 자체로만 만족해야 한다.

우리는 현실에서 일을 할 때 필요 없는 도구를 갖고 거추장스러운 경우를 많이 본다. 일에 따라 초과 학력자가 너무 많다. 굳이 거기까지 힘들게 가지 않아도 되는 것을 너무 많이 왔다. 그리고 그 도구는 필요할 때 필요한 만큼 갖추면 되는 것을.

일의 중심에서 일을 처리할 때 필요한 지식이 요구되고 그 지식을 갖기 위해 학력이 필요할 뿐이다. 때문에 궁극적인 목표는 지식일 수밖에 없다. 우리에게 일자리가 필요하다. 일은 지식이 필요한 것이지 학력이 필요한 것이 아니다. 때문에 취업 조건에 학력별로 뽑거나 학력을 조건으로 하는 시대는 가야 한다고 생각한다. 회사측의 대우도 업무 기여도에 따른 객관적 평가로 해야지 그 사람의 기본 조건이 우선되어서는 안 된다고 생각한다. 이러한 제도는 공직사회가 어느 정도 잘 확립되었다고 생각한다. 고등학교만 졸업한 우수한 사람들이 많은 노력으로 제 위치에서 정정당당히 일해 대학 졸업생들을 지휘하는 것을 보며 아름답다고 느낀 적도 많다.

이제 무리해서 진학에 집착하지 말고 자신의 진로를 냉정하게 생각하는 사람이 되었으면 한다. 사회적 제도도 바람직한 방향으로 나아갈 수 있도록 모두가 의견을 모으고 힘을 모으자. 이제 학력으로만 우대받을 수 있는 세상이 아닌 것을 모두 인식하자.

외국어

다섯 살에 해방이 되어 우리말을 겨우 하는 입장이었다. 일본어를 썼다고는 하지만 일본말을 기억할 수 있는 나이가 아니다. 6.25 전쟁 후 주위에는 미군이 많았다. 미군을 보고 그들의 말을 들으며 간단한 단어 몇 마디로 초콜릿을 얻어먹던 기억도 있다.

중학교 들어가서 영어를 배우기 시작한다. 초등학교 때 배우던 한자도 힘들었는데 중학교 들어가서 배우는 영어가 부담스럽다. 말은 꾸준히 반복해 익혀야 하는데 지구력이 없는 나는 듣고 잊어버려 전혀 재미가 없었다. 머리에 들어오지 않는 말을 멀리하기 시작한다. 학업의 중요한 위치에 있는 외국어를 못하게 되니 평가는 엉망이다. 만회하려는 생각만 있지 노력이 없어 더더욱 못하게 된다.

스스로 외국에 대한 부정적 시각만 늘어 나름대로 여러 가지 이유를 명분 삼아 모르고 살아도 지장이 없다는 생각까지 이르게 된다. 우리는 약소민족이라 강대국에 빌붙어 살고 있다. 옛날에는 중국에 기대어 한자어로 지배계급이 형성되고 일제 강점기에는 일본어, 해방이 되어서는 영어와 러시아어로 우열을 가린다고 생각하고 이러지 않아도 살아갈 수 있는 세상을 그리워하게 되었다.

공부하기 싫어 찾는 명분이 무슨 민족주의나 애국 애족하는 심정으로까지 비약한 자신의 사고에 자조의 웃음까지 난다. 외국어에 쏟아 붓는 시간을 좀 더 좋은 쪽으로 활용하면 무슨 일이라도 저지를 것 같은 우쭐한 생각까지 든다.

하여튼 외국어를 외면하고 살았다. 외국어로 측정되는 학업성적은 늘 꼴찌에 가까워서 속으로는 어떻게 하면 시험이라도 잘 칠 수 있을까 하는 생각으로 적응해 왔다. 내 인생의 진로에서 외국어로 인한 피해는 컸다. 내가 하고자 하는 일이 외국어의 능력 때문에 좌절된 일이 여러 번 있었다. 새삼 공부하고 싶었지만 노력 없이 되는 일이 아니어 곧 좌절되어 그대로 눌러앉았다.

이제 아이들도 나와 같은 과정을 가고 있다. 별로 관심을 갖는 편은 아니지만 외국어는 노력 없이 이루어지지 않기 때문에 생활 속에서 꾸준히 하기를 희망했다. 시험을 보는 외국어가 아니라 책을 보고 말을 하는 생활 속의 외국어가 되어 국제사회에서 말 때문에 하고 싶은 일을 못 하는 경우가 생기지 않도록 준비하라고 우회적으로 이야기했다. 그리고 행동을 지켜보았다. 그러나 학교 공부 외에는 하는 것 같지 않다. 몇 번 내 경험을 이야기했으나 알았다고 대답은 하고 노력을 하지 않는다. 아마 보통의 아이들이 다 그러려니 생각하고 그냥 지나갔다.

지금 아이들이 외국어 때문에 얼마나 고통을 받고 있는지는 모르지만 굳이 묻지도 않는다. 유치원에 다니는 손자들의 세계에서 고액 외국어 유치원에 다니고 외국어 열풍이 대단하다고 한다. 한글보다 영어를 먼저 익히려고 하고 천자문을 읽는다. 이 아이들이 어디까지 가려고 할지 모르지만 외국어에 부모가 정신이 없다. 아마 나 같은 경험을 한 부모일수록 더 극성스러울지 모른다.

나는 내 손자가 내가 겪었던 똑같은 잘못을 겪는다 해도 지금부터 외국어로 몸살을 앓는 아이로 키우고 싶지 않다. 연령에 맞는 사고와 지식으로서 편안한 성장기를 갖기를 원한다. 조기유학으로 낯설고 물설은 이국에서 불안한 사고로 성장하기는 더더욱 원치 않는다.

우리가 약소민족이어서 그런가, 더더욱 뻗어나가기 위해 그런가, 아직도 명쾌한 이유를 알지 못하겠다. 우리 모국어가 몸살을 앓고 정확한 말과 글을 모르면서 어설픈 외국어로 자신의 지식을 과시하려는 덜떨어진 인간이 우리 세대에는 많았는데 아직도 그런 경향을 이어가려는지 알 수 없다.

이제 사회생활을 접고 지극히 제한된 범위의 생활을 하고 있다. 외국에도 자주 나가고 우리의 길거리에도 외국 사람이 넘친다. 그들에게 다정한 말이라도 건네 우리의 가까운 이웃에 대한 호의라도 표시하고 싶어진다. 외국어를 못하는 것이 큰 자랑이라도 되는 양 떠들고 있는 나를 보며 부끄러워한다. 스스로 게으르고 노력하는 것이 힘들고 싫어서 못한 것을 이제와 외국어의 잘못된 열풍이라고 변명하지 말고 생활 언어로서 작은 것부터 익혀가는 지혜를 갖자.

그리고 외국어로만 우열을 가리는 시대를 극복하자.

열등감

나는 열등감에서 벗어나지 못하고 살아온 것 같다. 따지고 보면 사람이 살아가는 과정에서 늘 경쟁하고 비교하며 살기 때문에 상대적으로 열등감과 우월감을 오가며 살게 마련인 것 같다. 다른 사람이 보기에 별로 열등감을 느낄 이유가 없다고 생각하는데 스스로는 열등감 속에서 살았다고 생각하는 이유를 나 자신도 모르겠다.

6.25 전쟁 초기 우리 군이 낙동강 전선까지 후퇴한 8월, 중학교 다니던 형은 소위 계급장을 달고 전쟁에 참여했다. 휴전 후 장래의 진로가 불투명한 상태에서 남들이 다 가는 대학을 포기하고 독학으로 대위 계급장을 달고 고등고시에 합격하여 검사로 사회에 복귀하였다. 정규 대학을 졸업하고 좋은 여건에서도 두 번이나 시험에 떨어진 나는 형 앞에 서기만 하면 작아진다.

나는 외모에 자신이 없다. 꺼먼 얼굴에 도시인의 세련됨이 없다. 내가 바라는 내 얼굴이 아니다. 세련되고 지적으로 생긴 친구들이 부럽다. 그들과 어울릴 때 늘 뒷전이다. 고개를 숙이고 시선을 맞추지 못한다.

글씨를 못 쓴다. 글씨를 쓰려면 손이 떨려 획을 똑바로 긋지 못한다. 글씨가 비뚤비뚤이다. 글씨를 보는 순간 핀잔이나 경멸을 받는 느낌이 든다. 글씨를 쓰려면 진땀이 흐른다. 쓰기 싫고 쓰지 않는다. 학창시절 노트가 없다. 학년 초 공책을 사서 첫 줄을 쓰고 덮어버린다. 사회에 나가 자필 이력서를 요구하면 대필로 제출하거나 포기한다. 공문서 기안은 초안을 잡아 동료에게 정서를 부탁한다.

외국어에 대한 열등감도 깊다. 비열하게 주체성으로 자기 합리화를 하여 외국어를 기피한다. 이 밖에도 많은 열등감에서 헤어나지 못하고 있다.

이런 성격은 상대적으로 우월감으로 나타날 때가 있다. 상대방이 자신의 실력을 과시해 허세를 부릴 때 못 참는다. 잘못을 꼭 짚고 넘어간다. 별것도 아닌데. 이것은 잠재되어 있는 열등감의 또 다른 표현인지 모르겠다. 못된 감정의 표현이다.

세상 사는데 경쟁이 힘들어지면 열등감으로 자기위안을 삼았는지도 모르겠다. 노력해 극복하려는 의지는 부족하고 스스로 자신의 열등만 인정하려는 안이한 태도다. 나는 이렇게 자신의 부족한 점을 극복하지 못하고 세상을 안일하게 살고 스스로의 한계에서 자기만족에만 급급했는지 모르겠다.

내 아이들에게는 열등의식에서 벗어나 자신감을 불어넣어 주려고 애를 썼지만 결과는 한계가 있는 것 같았다. 우리 누구에게나 할 수 없는 일이 있는 한 열등감은 품고 살아야 하는 모양이다.

군대 이야기

우리들의 군대 이야기는 어른들이 일제 때 징병에 끌려가 대동아전쟁을 치르고 해방되는 것부터 시작된다. 대한민국 건국 전후 창군의 업무를 수행한 뚜렷한 인생관을 갖춘 분들도 있지만 대부분 자신의 이해관계와 법 테두리에서 군대에 가게 되었다. 국민으로서 국방의 의무를 수행해야 된다는 것을 누구나 승복하는 것으로 알았다. 나의 아버지는 일제 때 징병도 피했고 주위에서도 군인과 관련된 기억을 갖고 있지 않다.

50년 6월 전쟁이 발발하여 7월 부산 피난지에서 사촌형은 군에 입대하였다. 큰아버지는 경상도에서 공직생활을 하여 중학교 5학년인 외동아들을 어떤 편법을 써서라도 보내지 않을 수 있었는데 입대시켰다. 격렬한 전투 중에 아들을 사지로 보내는 아버지의 마음을 이해할 수 없다. 다행히 전쟁이 끝난 56년에 제대를 하여 사회에 복귀하였다. 집안의 이런 경험 때문에 군 의무는 인간성장의 필수적 요건으로 받아들였다. 군에 입대하는 시기만이 자신이 조정할 수 있는 유일한 재량이다.

나는 대학 졸업 후 늦게 사병으로 입대했다. 우리 주위의 모든 사람이 다 그러했다. 뒤에 보니 특별한 사람도 있다. 군 의무를 마치지 않은 사람은 사회적 열등생으로 알았는데 오히려 우등생이 많다는 사실은 뒤늦게 알았다. 당시에는 군 의무를 마치지 못한 사람이 받는 사회적 불이익은 당연한 것으로 알았고 그들 자신도 승복하였다.

두 아들이 군에 입대할 때가 되었다. 군인 수급계획 때문인지 인력과잉인지 현역 아닌 보충역, 공익 근무요원 등 다양한 제도가 생겼다. 아들 친구들이 현역 입대자가 적다고 어떤 편법이 있을지 모르니 자식 사랑하는 것을 제대로 보여 주라고 유혹이 온다. 아이들도 은근히 바라는 눈치다. 못 들은 척했다. 대신 큰소리쳤다. 나에게는 친구 선후배 군인이 많다. 너희들의 군 생활은 내가 책임진다.

말이 없던 큰아이는 입대 전날 농담 삼아 한마디 했다. 부모 무관심 속에 현역병 생긴다. 마음이 좋지 않다. 입대해 배치받은 곳이 철원 최전방이다. 컴퓨터에 의한 배치라고 한다. 아버지의 큰소리에 실망한 아들과 집사람은 나에게 원망이 많았던 모양이다. 그 후 군 이야기만 나오면 아버지가 손써서 겨우 철책선 앞에서 근무했지 그렇지 않았으면 이북으로 갈 뻔했다고 농담한다. 둘째 아이도 본인 의도대로 되지 않아 실의에 빠진 채로 늦게 입대했다. 양구 최전방으로 배치받았다. 면회를 갔더니 내색은 하지 않았지만 힘들어했다. 마음이 아팠다.

두 아들은 무사히 복무를 마치고 사회에 복귀하였다. 모든 사람들이 그러하듯이 성장기의 한 과정으로 여기고 건전한 사회생활을 하고 있다.

이러한 과정을 보고 생활해 온 나에게 이해할 수 없는 일들이 벌어지고 있다. 군복무를 마친 사람의 공직 시험 가산점제가 없어지고 각종 청문회에서 잘난 사람들이 의외로 본인뿐만 아니라 자식까지 군복무를 제대로 하지 않은 사실이 밝혀지고 있다. 심지어 군 최고 통수권자까지 군대를 가지 못했거나 군대 가서 3년 썩는다는 비슷한 발언을 함으로써 자긍심에 찬물을 끼얹는 사태까지 발생했다. 누가 긍지를 갖고 국방의 의무를 할지 우려된다.

병역 비리가 곳곳에서 나타난다. 유능한 사람일수록 썩는 기간이 없어야 될 것이니까. 별 볼일 없는 사람만이 어떤 변화된 환경에서 지내보려는 휴식처 같은 장소가 군이라는 두려운 생각까지 든다.

그러나 부정적인 면은 일부인 것으로 생각한다. 대부분의 사람들은 병역의 의무를 성실히 이행하고 있다. 심지어 어떻게 해서라도 군에 입대하려고 스스로 병을 고쳐가며 입대하는 사람들도 늘어나고 있다고 한다. 이런 사람 저런 사람 많지만 사회적 약속을 지키는 성실한 사람들이 이 나라를 끌고 가는 미래가 될 것을 바라며, 그리고 그런 나라가 될 것을 확신한다.

이념

사상의 시험장에서 성장하고 생활했는지 모른다. 자본주의와 공산주의가 구체적으로 어떤 사상이고 무엇을 추구하고 구현하는지 뚜렷이 알지 못하면서 같은 민족끼리 남과 북이 갈려 사상의 시험장이 되었다. 모두가 사상가라도 되는 듯이 열 내어 이야기한다. 지상낙원을 건설하는 것이 자신의 임무인 것처럼 자기를 버린 듯이

행동한다. 시험기간이 충분히 지났다고 생각하는데 아직 끝이 없다

나는 대학시절 잘사는 사람에 대한 시기와 질투가 있었다. 대부분의 사람들은 못사는데 일부분의 사람들은 아주 잘살았다. 잘사는 사람의 삶은 정당치 못하다고 생각했다. 어려운 시절 잘살 수 있는 여건이 없는데 어떻게 그들이 그렇게 잘사는지 이해할 수가 없었다. 부정한 방법이 아니고는 잘살 수가 없다고 단정 지었다.

못 먹는 술을 마시고 취해서 호기 있게 거리를 활보할 때 신흥 주택가의 고급 집을 보면 괜히 울화가 치밀어 길거리의 연탄재를 집어던지곤 도망치는 자신의 모습을 보며 씁쓸해할 때가 있었다. 큰 집의 경비실이 우리 집보다 더 클 때 그리고 경비원이 나와서 아래위를 훑어보며 불손하게 굴 때 그 집 주인에 대한 증오감은 커갔다.

대학을 다닐 때 노동법을 공부하면서 노동운동에 관계해 근로자와 함께 일생을 같이해 볼 생각도 있었으나 방향을 바꿨다. 기업인과 관련 있는 직종을 선택해 기업의 부당한 이익의 축적을 막고 싶었다. 구체적으로 세무 공무원이 되어 엄정한 법의 집행으로 기업의 부당한 이익을 끝까지 추적해 조세로 흡수하려고 노력했다. 어느새 나도 모르게 기업을 이해하고 기업의 고충을 알았다. 그리고 흥망성쇠의 부침이 많은 기업을 보고 연민의 정을 갖게 되었다.

아들이 데모대의 일원이 되어 경찰서 유치장에서 밤을 보내고 훈방되어 나왔다. 현실 참여의 적극성도 없는 아이가 그것도 유행처럼 번지던 데모도 잠잠해진 시점에서 특별한 사회적 이슈도 없는

지금 데모를 하는 것은 이해가 되지 않았다. 많은 생각을 하였다. 어떻게 아이를 설득해야 하는지 또 무시해야 하는지 방법이 확실하지 않았다. 대화를 할 양으로 몇 마디 해보았으나 명백한 이유가 없다. 대화를 피한다. 서로의 이념의 문제인지 생각의 차이인지 알기 어렵다.

현실적 이야기로 마감했다. 아버지의 위치 그리고 학생인 너의 장래, 현재의 입장, 자신을 생각한 신중한 행동이었으면 좋겠다는 이야기로 마무리했다. 한참 후 경찰서에서 연락이 왔다. 아이를 인계해 가라고 한다. 조사를 마치고 서약서 정도 받고 훈방하는 것이 다시는 이런 일이 반복되지 않았으면 하는 뜻이라고 한다. 담당 형사말로는 상당히 물들어 있다고 한다. 어처구니없다.

경찰서에서 데리고 나오면서 짜증스러웠다. 어떤 반응을 보여야할지 생각이 정리되지 않는다. 우선 웃었다. 우리 서로 각자의 길을 걸어갈 수밖에 없으니까 무엇이라 이야기할 것이 없다는 투다. 내가 우선 그렇게 보이고 싶다.

연행의 이유는 불온서적 소지였다. 생각의 차이였다. 누구나 볼 수 있는 책을 구해서 보는 것을 일방적으로 볼 책 못 볼 책으로 구분해 통제한다는 것은 부당하다는 것이다. 순수한 자기까지 반정부적 사고와 행동을 유도하는 것 같아 불쾌하다고 항변한다. 할 말을 잃었다. 네 말이 맞다. 나도 그렇게 생각한다.

넓게 보면 이념도 생각이다. 생각은 자유다. 무슨 생각을 하든 통제받을 이유가 없다. 다만 자신의 그러한 생각을 자신의 이익을 위하여 사회를 혼란스럽게 하는 데 이용한다면 문제가 있다. 혼란한 사회를 틈타 자신의 의도를 실현해 보려는 사람이 있다면 그 행위는 죄악이다. 우리는 이러한 사람을 경계해야 한다. 순수한 사상가도 거기까지 생각하며 행동해 주기를 바란다.

내 이념이 남을 불편하게 하지 말아야 하고 자유로워져야 한다. 그런 세상에서 자유를 마음껏 누려야 할 권리를 갖자.

일해야 먹고산다

인간은 동서고금을 막론하고 자신의 생존 방법을 본능적으로 추구하는 모양이다. 따라서 그때그때 적절한 방법을 택할 수 있지만 앞을 내다보며 계획하고 생각하며 준비한다. 나도 철이 들어 어떻게 살아야 하는가에 대해 생각하기 시작했다. 보통의 사람들과 같이 일해야 먹고살 수 있다는 진리를 터득한 것이 무슨 큰 것이라도 알아 낸 것같이 내 머리에 가득했다.

자신의 위치와 능력을 생각하고 현상을 파악해 어떤 일을 할 수 있는지 냉정하게 판단해 보라. 가진 것도 없고 특별한 재능도 없어 스스로의 일을 만들어 할 수 없고 남이 시키는 일을 하고 대가를 바라는 수밖에 없다는 생각에 이르렀다. 그래서 기초를 만들기 위해 지식을 습득하고 체력을 키웠는지 모르겠다. 조금 더 쉬운 방법을 택하기에는 경쟁이 너무 심했다. 자신이 경쟁에서 탈락해 점점 어렵게 살아가야 하는 쪽으로 밀려가고 있는 듯하다.

구체적으로 대학을 졸업할 때쯤 진로가 결정되어야 한다. 목표로 한 시험은 떨어졌다. 시험에 합격한다는 자체가 인생복권에 당첨되는 행운같이 느껴져 포기한다. 바늘 같은 취업의 문은 나를 암담하게 만든다. 졸업은 일할 곳을 찾지 못해 방황하는 젊은이를 배출하는 것 같았다. 대학의 총장도 스스로 할일을 만들어 선택하는 것이 가장 현명하다고 한다. 일을 시작부터 하고 그 속에서 방법을 찾으라는 것은 너무 무책임하다고 생각했으나 일을 시작하려는 젊은이의 환상을 바로잡으려는 의도는 있는 것 같았다.

1920년대 대학을 졸업한 분도 당시 취업이 되지 못해 여러 곳의 시험을 보고 시골집에서 통지만 기다릴 때의 암담한 심정을 들려줄 때가 있었다. 이제 60년대에도 똑같지만 당사자는 지금이 더 막막한지도 모르겠다. 그리고 좀 더 일찍 스스로의 진로에 대해 생각하고 적응해 나가지 못했던 것을 후회하게 된다.

나는 살아가는 방법에 대한 현실적 교육을 받고 싶었다. 그러나 자신의 능력을 너무 과대평가했는지 모르겠다. 말로만 능력이 안 되면 일찍 시장상가의 점원이 되어 장사를 배우거나 빵을 굽거나 음식을 조리하는 방법을 배워 식당을 하거나 목수 미장이 일을 배워 노동판에서 건축업에 종사하며 살아도 된다는 이야기를 많이 듣고 자랐다. 그러나 현실적으로 나는 능력이 되어 자격증을 취득해 의사도 되고 판검사도 되고 머리와 입으로만 사는 쉬운 길을 가리라는 환상에 사로잡혀 있었다.

환상에서 깨어난다. 그리고 냉정한 현실 속에 홀로 섰다. 아무도 나를 이끌어 주고 밀어줄 사람이 없다. 스스로의 방법을 찾아야 한다. 여러 가지의 방법으로 인연을 이어가기 위해 기웃거리는 것이 얼마나 어리석은지 느끼게 된다. 긴 장래를 홀로 서서 판단하고 해결해야 한다는 것을 절실히 느꼈다. 현실 속에서 방법을 찾고 자신의 능력과 적성 그리고 감당할 수 있는 범위의 일을 찾아 그에 합당한 대우를 받고 만족하며 살자고 생각하니 여기저기 길이 보이기 시작했다. 그리고 자신의 길을 찾아 들어가고 그 길을 가면서 그런 생각으로 인하여 적응해 나갔다.

이제 나의 아이들에게 관심을 갖게 된다. 그들도 나와 똑같은 생각과 방법으로 살아갈 수밖에 없다. 생각이 각각 다르고 능력과 적성도 같지 않으므로 하는 대로 볼 수밖에 없다. 그러나 오래 살아온 선배의 입장에서 좀 더 쉬운 방법을 가르쳐 주어도 듣지 않는다. 시대가 바뀌고 사고도 다르다는 것이다. 답답하다. 그냥 방황하고 있는 것 같은 생각과 현실이 절박하다는 생각 없이 집안이라는 울타리에 안주하려는 안이한 태도가 있어 진취적이지 못하다는 불만만 많아진다.

그래도 부모 입장에서 그냥 참는다. 그리고 자식의 능력을 과대평가해 어느 때고 바람직한 일을 할 수 있으리라는 기대로 만족스럽지 않은 일을 시작하는 것을 꺼려하는지 모르겠다. 객관적 사고도 자식에게는 지극히 주관적이 되고 편향적이다. 심지어 현실에 부딪치는 용기는 객기로 보고 말리려고 하는 경향까지 보이고 있다.

오늘도 일해야 먹고산다는 것은 알아도 자신의 뜻에 맞는 일이 없어 일하지 않고 먹고사는 젊은이들이 많다. 점점 일하고 멀어지고 있는지도 모르겠다. 그리고 일하지 않고 먹고사는 방법을 터득하려 하는지 모르겠다. 현실은 불만으로 가득 차고 자신이 일하지 못하는 것을 사회 탓으로 돌리고 세상이 뒤집히기를 기다리거나 뒤집으려고 노력하는 사람이 많아지는 것 같다.

그러나 어떠한 세상이 되어도 일해야 먹고살고 제가 원하는 일만 하는 세상은 영원히 존재하지 않는다는 것을, 그리고 그런 세상을 만들 수 있다는 환상에서 깨어나 현실을 직시하고 삶의 방법을 터득하고 전쟁터에서 목숨을 던져 싸우고 있는 사람같이 일터에서 자신을 던져 일하며 살아 미래를 건설하는 젊은이가 될 것을 내 아들에게 부탁하고 싶다.

바르게 살자

우리는 삶의 지표나 인생의 목표를 정하기 위하여 좌우명이나 교훈이나 가훈 같은 것을 갖고 자기최면을 걸어 그렇게 살아가기를 바란다. 이런 것은 자신이 스스로 선택해 결정하기보다 우리를 이

끌고 있는 선대로부터 이렇게 살기를 강요받고 있는지 모르겠다. 때문에 자신이 공감하고 절실한 느낌에서보다 가정에서 부모가, 학교에서 선생이 너는 이렇게 살아가야 훌륭하고 편안하고 안락한, 성공한 인생을 살아갈 수 있다는 바람에서인지 모르겠다.

나는 학교 다닐 때 교훈에 대해 계속 반복해 교육받으며 살았다. 인생을 그렇게 살아가면 잘사는 사람이 될 것이라는 세뇌를 받았다. 집에서는 뚜렷한 가훈이라기보다 그때그때 인생을 이렇게 사는 것이 잘사는 것이라는 교육을 받았다. 국가나 사회를 위해서라기보다 한 인간으로서 어떻게 하면 편안하고 잘살 수 있는 것인가에 주안점이 된 교육인지 모르겠다.

어떤 곳에서 가훈전을 하고 있는 데 우연히 갔다가 우리 시조의 가훈이라고 전시되고 있는 것을 보았다. 나도 모르는 우리 가문의 가훈이었다. 유교적 사고가 물씬 나는 가훈은 전혀 생소하고 삶의 좌표로 삼기에는 시대적 사고에 뒤떨어져 마음에 닿지 않았다. 이제 40을 넘어 내가 살아온 경험을 토대로 내 아이들에게 어떤 삶의 방향을 제시할 말을 생각하는 계기가 있었다. 도자기를 굽는 어느 회사에 갔는데 도자기에다 아이들에게 남길 글귀를 적어 선물하라고 한다. 순간 준비되어 있지 않아 곰곰이 생각하다 내가 추구했던 좌표를 떠올렸다.

'바르게 살자.'

내가 이렇게 살고 내 아이들도 이렇게 살아 주었으면 좋겠다. 바르게 사는 것이 어떻게 사는 것인지 알 수는 없다. 반듯하게 살면 되는 것이고 부끄럽지 않으면 되는 것이라 생각했다. 바르다는 것은 주관적 개념인지 모르겠다. 내가 바르다고 우기면 바른지 모르겠다.

나는 늘 자신의 행동에 정당성을 부여하며 스스로 자신의 행동을 합리화하고 있는지 모른다. 그리고 고민을 줄이며 편안하게 생각하고 있는지 모르겠다. 때문에 지나치게 어렵고 힘든 가치관에 몰입되는 것을 피하고 있었다. 종교도 싫고 각종 도덕책도 싫었다. 아니 두려웠는지 모르겠다. 하여간 바르게 살고 있다고 믿고 싶었다. 아이들에게도 그냥 바르게 살아가라고만 가르치고 무엇이 바른 길이냐에 대해서는 스스로 깨우쳐 갈 수밖에 없다고 했다.

이제 70을 넘어섰다. 내가 바르게 살아왔다고 생각할 수 있는지 스스로 자문해 본다. 부끄러운 점이 한두 가지가 아니다. 이제 새삼스럽게 부끄러운 일에 대해 후회하거나 참회한다고 해도 아무런 소용이 없을 것 같다. 다만 바른 길이 무엇이냐에 대해 스스로 자문하며 대답해 본다. 이제 내가 추구했던 바른 길이란 어느 한쪽으로 치우침이 없이 가운데로 가려 했던 노력이라고 스스로 생각해 본다. 자신의 고정관념이 한쪽으로 치우치기 일쑤인 상황에서 가운데를 택한다는 것은 쉬운 일이 아니었다. 때문에 반성하고 진로를 수정하는 일을 수없이 반복해 왔다.

바르게 살지는 못했지만 바르게 살려는 노력은 했다고 이야기하고 싶다. 내 아이들도 바르게 살기를 바란다. 그래서 내가 도자기에 쓴 글을 마음속에 새겨 두었으면 한다. 그것이 부담이 되지 않는 범위에서.

도움을 주고받는 사회

나는 없는 집에서 태어나 성장하고, 있는 사람들과 상대하는 직장에서 평생 생활했다. 없는 사람의 심정과 처지를 이해하고 있는 사람의 생각과 행동을 수용한다. 없는 사람은 가진 것이 적어 전부를 던지는 데 인색하지 않고 호기 있으며 지나치게 타산적인 행동을 거부하는 경향이 있다. 곱지 않은 시선으로 보면 분수를 모른다. 있는 사람은 최우선 가치를 치부에 두는 경향이 있으므로 어떠한 행동도 이와 상치되는 것을 거부한다. 지극히 계산된 사고로 처신하고 일시적 기분으로 일을 일으키지 않으려 한다. 때에 따라 인색하다는 평가를 받는다.

있는 사람이 주머니를 풀어야 사회는 윤택하게 흘러갈 수 있다. 이러한 현상이 역류할 때 사회는 불안하다. 사회적 안정을 위해서라도 도움을 주고받는 문화가 성숙해야 한다. 남을 돕는 것은 한계가 있다. 불특정 다수인의 생존을 위한 도움은 국가의 몫이라고 생각한다. 보통의 경우는 우리의 주위부터 도움을 필요로 하는 가까운 사람부터 돕게 된다.

친인척이나 심지어 부모와 자식의 관계까지 생각할 수 있다. 꼭 도움이 필요할 때만 도움을 받아야 하며 도움을 받을 때의 상황이 해소되면 어떠한 형태로든 현재의 가치로 환산해 반드시 되돌려 주어야 한다. 도움 자체가 객관적이지 못해 돕는 사람의 당연한 도리나 의무로 생각하면 되돌려 주기를 머뭇거리거나 거부한다. 감정의 앙금이 남아 거리감이 생긴다. 때문에 도움을 받을 때 신중하게 생각하고 도움을 받아야 한다.

사회적으로 있는 사람이 도울 수 있는 여건과 분위기를 제도적으로 조성해 주어야 한다. 현재 가장 쉽게 볼 수 있는 것이 장학재단이나 자선사업이다. 출연자는 자신의 영향력을 유지하려 하고 사회제도는 순수한 사회 환원을 유도해 갈등의 요인도 있다. 재단 유지 운영의 어려움도 많다.

장학생의 선발 그리고 그 학생의 학업 성취도 사회 진출 후의 성공 사례와 사회 공헌도 등이 궁금하다. 나는 평생 장학금을 타본 적이 없다. 우리 아이들도 장학금을 타보지 못했다. 개인적으로 장학금은 공부 잘하는 사람의 부상 정도이거나 어려운 사람들이 어떤 계층으로부터 받는 수혜라고 생각했다. 때문에 이런 장학금을 받은 사람들은 후일 사회 지도층으로 자리 잡았을 것으로 생각된다. 이 사람들이 받은 장학금을 되돌려 준다면 더 많은 사람이 수혜자가 될 수 있으리라는 생각이 든다.

사람에게는 내일이 있고 발전이 있다. 오늘 진 신세는 내일 갚을 수 있어야 한다. 유형적 신세는 현재의 가치를 계산해 되돌려 주는 품성을 지녀야 한다. 사회에 대한 따뜻한 마음의 표시라도 하여 갚자. 그리고 홀가분한 마음으로 마무리하자.

이제 있는 사람 없는 사람 편 가르지 말자.

경계를 넘나들며 하나가 되자. 모두 마음을 열고 이해하며.

거래

사람이 사는 사회에는 사람끼리 오고 가는 관계가 있다. 자신 스스로 모든 것을 할 수 없기 때문에 관계를 맺고 살게 되고 이런 관계에서는 유무형의 오고감이 있다. 정이 오고 가고 물질이 오고 간다. 물질의 대표인 금전으로 평가되어 돈이 그 가치를 표시해 오고 가는 것이 대표적인 것 같다.

사람들은 그들의 집단에서 그들에게 필요한 돈을 요구하게 된다. 정당한 대가를 지불하고 그에 합당하는 돈을 조달해 경제생활을 하게 된다. 그러나 정당한 대가를 지불하지 못하고 돈을 갖고자 할 때 빚이라는 형태의 돈거래를 하게 된다. 이러한 빚은 공적 형태로 이루어지는 것이 바람직하지만 그럴 수 없는 여건일 때 다양한 방법으로 이루어지게 된다. 국가나 공공기관의 사회정책적인 배려의 차원에서 이루어지기도 하고 자신으로부터 가까운 친인척 등 친지로부터 객관적이거나 동정적으로 혜택을 받기도 한다. 이러한 금전 거래는 반드시 갚는다는 것을 전제로 이루어진다.

이것이 돈을 꾸는 사람의 마음 자세여야 한다. 갚을 수 없는 돈은 꾸지 말아야 한다. 빚을 무서워하고 그리고 주위에 피해를 줄 수 없다는 확고한 신념에서 살아야 한다고 생각해 왔다. 그러나 모든 사람이 같은 생각으로 생활하는 것이 아니다. 내 목적 달성을 위한 돈은 얼마든지 꾸어야 하고 여건이 안 되면 못 갚을 수도 있고 이런 것이 세상 돌아가는 이치라고, 그리고 내 돈은 이띤 수단을 써서라도 받아야 하고 나의 빚은 어떤 방법으로라도 갚지 않거나 늦게 갚는다는 확실한 신념이라도 있는 것 같은 경우도 본다.

우리는 돈을 꾸기 어려운 입장일수록 가장 가까운 사람에게 손을 벌리기 마련이다. 가까운 친구, 친척, 도리상 어쩔 수 없는 사람에게 기댄다. 그럴수록 갚아야 한다는 사실에 대해서는 너그러워진다. 거리가 생기고 앙금이 남는다. 그리고 후회한다. 가까울수록 금전 거래는 하지 않았어야 한다고. 가까운 친구와 금전 거래를 하여 친구를 잃고 자신의 피해에 괴로워하는 사람을 많이 보고 어쩔 수 없는 사이에서의 피해에 말 못 하고 괴로워하는 경우를 많이 본다.

형제와의 관계, 처가와의 관계, 심지어 부자 사이에서까지 갈등 관계를 보게 된다. 이런 경우 제삼자와의 거래같이 객관적으로 명백하게 금전 관계를 한 것이 아니어서 더 문제성이 생긴다. 어느 일방은 시혜라고 생각하는 것이 문제의 출발점인 것 같다.

부부간의 금전 관계도 문제로 대두되는 것 같다. 보통 우리 세대는 남자가 경제 행위를 하고 부인이 가계를 꾸린다. 어려운 살림에 현실 도피성으로 모든 수입은 부인이 관리 집행하게 된다. 알뜰한 살림으로 저축도 하고 노년의 여유를 누린다. 경제행위를 마친 남자는 여자의 눈치만 본다. 둘 다 불만스럽다. 낭비성 소비인 것 같은 남자의 지출, 전혀 주머니를 풀지 않는 아내의 행태 모두 마음에 들지 않는다. 내 돈 네 돈을 따지며 갈등하게 된다. 개성이 강할수록 갈등은 돈으로부터 시작해 말년이 행복하지 않다.

삶의 단상들

친구

　사람은 사람과 관계를 맺으면서 살아간다. 그중에서도 비슷한 연배인 주위의 사람과 어울림이 친구인 모양이다. 비슷한 신체 조건, 지적 수준, 환경, 감정 등에서 정이 쌓이고 우정이 생긴다. 친구의 폭과 우정의 깊이 그리고 친구의 영향에 대해 많은 이야기와 교육을 받고 자랐다.

　나는 내성적 성격이지만 많은 친구들과 어울림을 가졌다. 적극적으로 다가서지는 못했지만 호의를 갖고 다가오는 친구는 피하지 않았다. 내 자신이 상대방에게 친해지고 싶은 친구일 수도 있고 피하고 싶은 친구일 수도 있었던 모양이다. 동네친구, 학교친구, 직장친구, 취미와 이해관계를 같이하거나 이런저런 형태의 친구 등 다양하다.

어렸을 때 늘 놀자는 친구들이 많았다. 친구들과의 어울림은 여러 가지의 놀이였다. 공부를 가장 우선시하던 때 논다는 자체가 못마땅해 친구들과의 만남을 통제받았다. 이런저런 이유를 대어 친구들과 만났다.

내가 마음을 열고 다가가면 반갑게 나를 받아 준다. 그리고 진심으로 도와준다. 공부 잘하는 친구는 내가 대학을 갈 수 있도록 입학시험을 두 달 앞두고 자신의 공부를 뒤로한 채 합숙하면서까지 나를 공부시켰다. 그리고 나의 실력에 맞는 대학에 진학해 오늘의 나를 만들어 주었다. 주먹이 있는 친구는 늘 나를 보호하여 나의 자존심을 세워 주고 내가 직접 그들과 어울리는 것은 막았다. 그리고 사회에 나와서는 자연스럽게 회식 자리에서 기죽지 않게 배려해 주며 때가 되면 집에 선물도 보내 준다. 이렇게 친구들로부터 많은 것을 받았다.

그러나 친구의 어려움에 이해관계를 따져 가며 행동해 뒤에 부끄러웠다. 받은 것에 비해 되돌려 준 것이 부족하다. 미안하다.

이제 나의 아이들에게 폭넓은 교우관계를 강조한다. 너무 타산적으로 친구를 선택하지 말고 이해에 집착해 어색한 관계가 되지 않기를 바란다. 금전 거래는 친구를 잃고 후회를 남기니 하지 말기를 바란다고 교육시킨다.

친구와의 관계도 궁극적으로는 이기적이 되는 모양이다.

그래도 친구가 좋다.

여자 친구

남녀칠세부동석이라는 교육을 특별히 받은 적은 없는 것 같다. 이런 말도 언제부터 들었는지 모르지만 어려서부터 여자 앞에 서는 것이 어색했다. 집안에서도 식구의 절반이 여자이고 초등학교 시절에는 여자와 같은 반에서 공부했다. 그런데도 개인적으로 여자와 이야기한 적도 놀아 본 적도 적은 것 같다. 어느 때부터인가 여자와 둘이 있으면 얼굴이 발개지고 가슴이 콩닥거렸나. 불편하기 이를 데 없다. 이유도 모르겠다.

어려서 소설을 보아도 이광수, 김동인, 박종화 못지않게 박화성, 최정희, 김말봉 작품을 재미있어했고, 뒤에 한무숙, 한말숙, 강신재, 정연희의 글도 좋아했고 손장순의 글에서 나를 들킨 것 같은 섬뜩함도 느꼈었다. 모윤숙, 노천명의 시와 TV 드라마도 김수현, 김정수의 작품에도 빠졌다. 개인적으로 여성의 감성이 더 내 마음을 울린다.

그러나 여자 친구는 생기지 않는다. 친구이기 전에 이성으로 느껴져 당황스러웠다. 우정이 생기기 전에 성정을 느끼는 것 같다. 여자 친구는 포기했다. 구차스러운 접근도 성격에 맞지 않고 상대방도 친구로 생각하지 않는다. 그러나 우리의 반이 이성이라 외면하고 살기 힘들다.

살아가면서 때가 되면 가정을 가져야 한다. 친구인 여자, 그러한 여자를 찾는 나는 외형적 외모, 내면적 성품 그리고 지식을 평가하는 학벌, 집안을 포함한 사회적 배경 등을 놓고 흥정하고 거래하는 모양새가 되어간다. 힘들어진다. 그래도 친구 같은 여자를 찾는다.

비슷한 연령, 지식 그리고 가치관, 호감 갈 수 있는 외모와 성품, 영원한 친구로서의 반려자… 이제 내 인생의 여자 친구는 마누라 하나로서 만족하고 살자고.

하지만 마누라가 친구이기는 힘들다는 것을 몰랐다고 느껴진다. 공동의 목표를 지향하는 동반자 내지 동업자인 것을, 목표 설정의 기준은 가정의 행복이고 구성원은 그것을 실행하는 도구에 불과하다는 것을 느끼는 경지까지 이르렀다. 가정의 행복을 위한다면 어떠한 일도 희생도 감수해야 한다. 교과서같이 반듯한 삶만이 용납되는 마누라는 친구가 아니다.

사회생활을 하면서 많은 여자를 만나게 된다. 그 중에서 가장 손쉽게 만나는 사람이 접객업소 여종업원이다. 손님을 즐겁게 해주는 것을 임무로 하는 서비스업 종사자다. 대가 때문인지 기분을 상하게 하지 않는다. 무슨 이야기, 무슨 행동을 해도 웬만하면 넘어간다. 친구 같은 우정을 느끼게 할 때도 있다. 너무 열려 있는 마음 같아 감동스러울 때도 있다. 끝에 가서 돈 때문이라는 것을 알아도.

이제 나이 칠십이다. 여자가 이성으로 느껴지지 않아도 될 나이다. 굳이 남녀를 구분해 친구를 가릴 나이가 아닌 것 같다. 이리저리 기웃거린다. 주책이라고 한다. 곱지 않은 시선으로 본다. 역시 친구 하기 어려운 모양이다.

혼자된 친구에게 여자 친구를 사귀라고 권한다. 친구 될 여자가 없다고 한다. 친구가 아니라고 한다. 일정한 경제적 대가를 요구하고 들어주기 어려운 조건을 제시해 친구가 아니라 상전을 모신다거나 또는 하인을 사는 것 같은 기분이 든다고 한다. 영원히 친구이기는 어려운 모양이다.

나는 아직도 꿈을 꾸고 있나 보다.

남자 친구와 공유하기 어려운 일을 함께할 여자 친구를

현재만 있고 과거와 미래가 없는 오늘을 함께할 친구를.

나는 아직도 꿈속에서 헤매고 있다.

세 번의 선택

사노라면 의지와 상관없이 주어진 길을 갈 때도 있지만 스스로 어떤 선택을 해야 할 때가 태반이다. 이런 것들이 복합되어 살아가는 것이 운명인가 보다. 어떤 상품 선전 문구에 순간의 선택이 10년을 간다, 라는 말이 있다. 그러나 우리 인생의 선택은 평생을 갈 수가 있다. 잘못된 선택은 힘들고 괴롭게 하고 잘된 선택은 평생 행복과 즐거움을 주니까. 집사람은 나에게 일생 중 가장 잘한 선택은 좋은 학교를 잘 선택한 것, 학창시절 운동을 했다는 것, 자기를 배우자로 선택했다는 것이라고 이야기하곤 한다. 나는 긍정도 부정도 안 한다.

학창시절을 회상해 보면 고마운 분들이 많다. 선생님들은 평범하고 문제점 많은 학생인 내가 빗나가지 않도록 한결같이 나를 이끌어 주었다. 나만이 특별한 대우를 받았다고 착각할 때도 있었을 정도로.

주위의 친구들도 소중하고 귀하다. 특별히 사교적이지 못한 나는 통학 길이 같거나 주변에 앉았거나 취향이 같거나 하는 제한적 교우관계에서 벗어나지 못했다. 하지만 결점 많은 나를 감싸 주고 격려해 주고 양보하며 곁에 있게 해준 고마운 친구들이 많이 있다. 특히 공부하기 싫어 대학도 포기한 나에게 입시 두 달 전부터 학교 앞에서 하숙하며 공부시켜 대학을 보내 준 친구에게는 늘 감사해한다. 졸업 후 직장생활과 사회생활에 물심양면 도움을 준 친구 모두에게 감사의 마음을 간직하고 있다.

그 외에도 학교생활이 힘들고 어려울 때 방황에서 벗어나게 해준 핸드볼을 절대 잊을 수 없다. 고3인 남들은 공부에 전념할 때 운동장에서 웃고 떠들 수 있는 즐거움을 나에게 선사했다. 이기적 사고 속에 있던 나에게 하나의 목표를 위하여 자기를 버릴 수도 있다는 것을 가르쳐 주었다. 후배들과 함께하는 시간 그리고 그 시간만이 내가 큰소리칠 수 있는 기회였다.

대학에 가서 럭비를 할 때 그 매력에 흠뻑 빠졌었다. 많은 운동 중 가장 적성에 맞고 기본 자질을 갖췄다고 생각된다. 그러나 자신의 앞길을 생각해서 그로부터 벗어날 수밖에 없었던 것이 안타깝다.

대신 모교에 가서 후배들과의 어울림으로 대리만족을 해야 했다. 돌이켜 보면 몽둥이와 고함만이 지도 방법이었던 당시 2년의 생활이 나를 한층 더 성숙시킨 계기가 되기도 했다. 그런 훈련에 응어리졌던 후배들이 20여 년 후에 다시 모여 형님 대접 해주는 데 보람을 느낀다. 지금까지 30년 가까이 모임을 이어 가고 있다.

결혼을 하고 싶을 때 내 앞에 한 여리고 가냘픈 여인, 나를 좋아할 것 같은 착각을 느끼게 하는 여인, 내가 편할 것 같은 여인이 등장했다. 나는 그녀를 선택하고 집착하고 행동하고 결혼했다. 없는 집 장남, 호의적이지 않은 시댁식구, 남편의 독선적 사고와 행동… 어느 하나 편하지 않은 시집살이를 묵묵히 훌륭하게 했다. 말단 공무원의 박봉과 자존심 상하는 많은 일들로부터 어려움의 표시 없이 두 아들을 지극정성으로 키웠다. 한 가문의 맏며느리로서 제반 대소사 빠짐없이 치르며 화목한 가정을 만들려는 노력을 했다.

그냥 보아만 왔다. 고마움의 표시도 하지 못한 채. 자기만의 일들과 생활들이 절대적인 양 행동했다. 자기감정의 표현만이 우선이었다. 후회스러울 때가 많다.

이제 둘만이 남았다. 그리고 서로 바라만 본다.

부끄러웠던 일들

어려서 어른한테 곧잘 듣던 이야기가 있다. 세 살 버릇 여든까지 간다, 될성부른 나무는 떡잎부터 안다, 바늘 도둑 소 도둑 된다…. 모두 어릴 때의 사고, 행동, 습관의 중요성을 강조한다.

나에겐 남에게 좀처럼 이야기하기 어려운 세 가지 부끄러운 실수가 있다. 그러나 억지로 숨기지는 않았다. 이 일을 아는 친구들은 재미삼아 이야기하는데 유쾌하지는 않지만 그렇다고 화를 내지는 않았다.

부산 피난 시절 보수산 집에서 용두산 학교까지 걸어 다녔다. 겨울 밤 중학교 입시 준비를 마치고 늦게 집으로 가는 도중에 따끈한 단팥죽을 파는 포장마차가 있다. 언젠가 한번 먹어 봤는데 그 맛을 잊을 수가 없다. 몇 번을 참고 그냥 지나갔다. 어느 날 그 유혹을 이기지 못하고 주머니 속의 학교에 내야 할 돈으로 단팥죽을 사서 먹었다. 몇 번 더 반복했다. 돈을 채울 길이 없었다. 봉투의 금액을 있는 금액대로 고치고 그냥 납부했다. 그렇지 않으면 영원히 해결할 방법이 없을 것 같아서였다. 담임선생님께서 이상하게 생각하시고 아버지께 이야기해 들통이 났다. 이실직고했다. 후에 아버지께서 우리 반 아이들에게 이야기하는 기회가 있었고 이 이야기를 예를 들어 훈계하셨다. 그때부터 내 별명이 단팥죽이 되었다.

고등학교 시절 부모님은 학교성적에 민감한 반응을 보이셨다. 성적표가 오는 날이면 혼나기 일쑤다. 정말 싫었다. 반복되는 일에 짜증이 났다. 어느 해 꾀가 생겼다. 성적표를 위조하기 시작했다. 몇 번의 위조에 성적표가 엉망이 되어 친구의 성적표를 이름을 바꿔 보여 드렸다. 칭찬을 들었다. 후회는 했지만 나보다 부모 탓으로 돌렸다. 성적표를 빌려 준 친구에게 미안했다.

그는 우리 동네 초등학생 입주 과외선생이다. 그 학생의 기말고사 시험지가 학교관사인 우리 집에서 보관되고 있었다. 시험지를 찾아내 친구에게 주었다. 문제유출이다. 친구는 유능한 과외선생이 되었다. 아무런 죄의식 없이 저질러진 일들이다.

어렸을 때의 일화로 생각하고 모든 것을 잊고 지냈다. 사회생활을 했다. 내 나름대로 확고한 가치관을 갖고 사회에 적응했다. 그렇게 손가락질 받을 일은 하지 않았다고 자부한다. 그러나 이런 일들을 기억하고 있는 친구들은 나의 앞길을 걱정했을 것이다. 혹시 공금을 횡령하거나 공문서를 위조 변조하거나 기밀을 누설해 개인적 이익을 취하거나 할까 봐. 그러나 그런 일은 단 한 번도 없었다고 자부한다.

자신의 가치관과 도덕성은 꾸준히 형성되는 것 같다. 어느 한 시점의 잘못은 있을 수 있지만 그 시점이 그 사람의 전부는 아닐 것이다. 우리가 자신이 어떻게 살아왔는가를 되돌아보며 우리들의 아이들이 어떻게 커가며 생활하는지를 지켜보게 된다. 아이들의 장래를 너무 속단해서는 안 될 것 같다. 우리가 변해 왔듯이 아이들도 변해 가고 있으니까. 만약 아이들로 인해 걱정하게 되면 모든 일들을 긍정적으로 생각하고 가슴에 품어 주면 더 좋은 일들이 있을 것으로 믿는다.

운동

나는 건강한 육체를 갖고 태어났다. 이것 하나만으로도 행복하고 감사하다. 어려서부터 뛰고 뒹굴고 가만히 있지 못한다. 주위 사람과 부딪치기도 하고 매달리기도 하고 귀찮게 군다. 커가면서 동네 골목이나 학교 운동장이나 어디서든지 달리고 차고 던지고 씩씩거린다.

주위에서 할 수 있는 모든 운동에 집적거렸다. 타고난 건강함을 과시라도 하는 양 정식으로 핸드볼을 하게 되었고 럭비를 접하게 되었다. 이러한 운동을 하면서 협동정신을 익혔고 승부욕을 키웠다. 집착하며 끈질기게 목표를 향해 뛰었다. 바람직한 인성을 키웠다고 생각한다. 군복무는 육군 대표 야구부 팀이 있는 부대에서 복무해 그들과 우의를 다지며 야구에 대한 이론과 실기를 이해하게 되었다. 졸업 후 후배들에게 핸드볼을 지도하며 봉사하고 사회생활을 하며 도 단위 체육회 핸드볼 협회의 부회장직을 맡아 스스로 체육인 행세도 하였다.

사회생활을 하면서 체중이 늘고 여유가 없어지면서 보는 운동으로 바뀌게 되었다. 축구, 농구, 야구, 아이스하키 등 중요 시합의 현장에서 관전하곤 했다. 내 모든 육체는 경기의 흐름에 따라 같이 움직이는 것 같다. 전율을 느끼곤 한다.

TV가 생활 속으로 들어오면서 중계방송 시청으로 바뀌었다. 점점 흥미를 잃고 경기 결과만 알아보는 수준이 되었다. 운동하고는 벽을 치다시피 했다. 주위로부터 운동을 하라는 권고를 받기 시작했다. 즐기는 운동을 하라는 것이다. 찾기가 쉽지 않았다.

당뇨가 와서 체중이 급격히 감소했다. 10여kg 이상 줄어 관리가 필요한 시점이 되었다. 꾸준한 운동이 필요하다고 한다. 산을 다니기 시작했다. 체중 감소로 숨이 차는 일은 줄어 산행이 즐거워졌다. 세월이 흐르면서 체력이 달리기 시작했다. 관절에 무리도 오기 시작한다. 이제부터는 생존을 위한 운동을 해야 할 단계인 것 같아 씁쓸하다.

공기 좋고 한적한 길을 산책하고 싶다. 어울릴 대상이 있으면 더더욱 좋고.

이제 운동은 움직인다는 뜻으로 변하고 있는 모양이다.

멎으면 끝인 것으로.

여행

어려서부터 호기심이 많았다. 못 가본 곳을 가보거나 못 먹어 본 것을 먹어 볼 때면 호기심이 충족되어 즐겁고 두고두고 자랑거리로 이야기한다. 그러나 어려서는 이런 일을 할 수 있는 사치도 허용되지 않았고 생활의 부분이 될 수 없었다. 전쟁 중 피난지를 이곳저곳 옮겨 다니며 경험한 것들이 즐거웠고 공직 생활에 이곳저곳 임지로 다니신 큰아버지 때문에 방학에 큰집에 가는 것이 큰 즐거움이었다.

이렇게 나는 다니는 것을 좋아했다. 사회생활을 하면서 주말 산행을 한다든지 근교 여행을 하는 재미에 젖어 있었다. 휴식이 가장 큰 즐거움이라고 그냥 누워 있던 내가 어느 날부터 싸돌아다니기 시작했다. 가족도 팽개치고 혼자 훌쩍 버스에 올라타 여기저기 기웃거렸다. 그리고 즐거워했다. 정말 이기적 행동이다. 모든 사람이 가족 단위의 행동이었는데 나만 그렇지 못했던 것 같다. 오히려 가족을 거추장스러워하며 행동의 제약으로 생각했다.

주말 이곳저곳 다니기 시작했고 여름휴가는 가기 힘든 곳을 찾아다니는 계획으로 머리가 가득 찼다. 섬을 좋아해 서해 백령도로부터 홍도, 흑산도, 제주도, 마라도, 진도, 완도, 남해, 거제, 충무, 영도를 거쳐 울릉도, 독도까지 다녀왔다. 그리고 배를 타고 망망대해를 바라보며 출렁이는 파도에 멀미를 하며 고통을 느끼는 것을 즐겼다.

특히 기억에 남는 것은 75년 여름휴가에 직장 동료 여섯 명이 독도를 간 일이다. 울릉도에서 새벽 5시 작은 어선을 빌려 출어 신고를 하고 바다에 나섰다. 속도가 느려 배가 통통거리며 망망대해를 달린다. 뜨거운 여름 햇살과 소금기 품은 해풍은 힘을 못 쓰게 한다. 그렇게 먼 거리가 아닌데도 오래 걸려 독도에 도착했다. 사전에 계획한 대로 근무하는 경찰의 위문을 명목으로 신고하고 간단한 위문품을 전달하며 상륙했다.

동도와 서도 두 개의 거대한 바위 덩이다. 정상 막사를 삼일빌딩 계단을 오르는 기분으로 올라갔다. 간단한 설명을 듣고 한일관계의 현실을 인식했다. 이해관계가 존재하는 한 영원히 풀기 어려운 숙제 같은 느낌이다. 밑에서 간단한 점심을 먹고 다시 울릉도로 향했다. 밤바다 울릉도의 불빛만 보이고 접근되지 않는다. 배는 물장구만 치고 가지 않는 느낌이다. 밤 10시 울릉도 선착장에 도착, 안도의 한숨을 몰아쉰다. 15시간을 바다에 떠 있었다. 무식하면 얼마나 용감한지를 보여 주는 단적인 예 같은, 무모하기 이를 데 없는 여행이다.

산과 계곡 어느 하나 빼놓지 않고 다녔다. 직장 관계로 지방 근무가 많아 혼자 그곳에서 생활할 때 인근 지역은 다 다닐 작정으로 이곳저곳 누비고 다녔다. 가족 없이 혼자 생활하니 더더욱 거칠 것이 없었다. 1년에 한 번 생색이라도 내는 가족 외출에 미안해지기 시작했다. 각자 자신들의 일만 있다고 생각하고 내 일에 가족이 제외되고 있다는 미안함 때문에 가족과 함께하려는 생각이 밀려왔다. 이제 아이들도 컸고 차도 하나 생겨 함께할 수 있었다. 가족과 함께 사찰과 계곡 그리고 먹거리를 찾아 이곳저곳 다녔다.

내가 생각하는 가족여행은 꿈을 찾고 미래를 그리는 환상적 여행이었다. 그러나 현실은 그렇지 않았다. 지극히 현실적이다. 비용을 따지고 효율성을 따지며 우리가 하는 행동이 합리적인지 평가하려 든다. 자연히 힘들고 말이 많은 여행으로 변질되고 있다. 내가 생각하고 노력하는 만큼 기쁘고 즐거워하지 않는다. 가장에게 끌려 다니며 가장의 기분을 맞춰 주고 있는 모습이다. 실망스럽다. 재미도 없고 즐겁고 기쁘고 만족스럽지도 않다. 뒷날 기억이라도 하라고 사진만 계속 찍어 댄다. 사진을 보며 자신의 모습에 만족스럽지 않고 불만만 많다. 이제 가족여행도 지쳐간다.

지리산 자락에서 근무를 시작했다. 저녁에 차를 몰고 계곡마다 누비고 다니며 밤하늘을 쳐다보며 생각에 빠진다. 시간을 잊고 있다. 나를 잊고 존재를 잊는다. 자연 속에 하나 된 내가 하나의 그림으로 남는다. 나는 이런 밤하늘이 좋아 깨끗한 별들이 쏟아질 것 같은 하늘을 찾아다녔다. 계곡의 숲과 물 그리고 사람 사는 모습이 좋아 빈집 툇마루에 앉아 주인을 기다리는 객처럼 속절없이 시간을 보내도 아깝지 않다.

그냥 이곳저곳 생각 없이 목적 없이 다닌다. 그리고 피곤하면 아무 데나 누워 휴식을 취한다. 먹거리도 맛에 집착하지 않고 배를 채울 수 있는 것이면 무엇이든 가리지 않는다. 여행이 재미가 있다. 잠시라도 제자리에 정지되어 있지 못한다. 그냥 움직여야 살아 있는 것 같고 움직이는 것이 여행이 된다. 이렇게 나는 혼자 다니는 여행에 익숙해졌고 혼자 여행을 즐긴다.

점차 여행을 다니면서 기억을 되살리며 옛일을 그리워하고 되돌아보는 재미가 생긴다. 그리고 변화를 느끼며 자신의 변화를 본다. 때문에 같은 곳에 반복해 가고, 갔던 곳이 그리워지고 보고 싶다. 새로운 것만 추구하고 가보고 싶고 호기심에 차 즐거워하고 한 번 가면 다시 가고 싶지 않은 보통의 여행이 아니다.

오늘도 틈이 나면 간편한 준비에 시외버스 터미널이나 역으로 가서 버스나 기차를 타고 목적 없이 떠난다.

그리고 나를 자연 속으로 인도한다.

언제고 그 자연 속으로 들어가 영원히 있을 그곳으로.

영화 보기

어렸을 때 캄캄한 밤에 학교 운동장에서 활동 사진을 본 적이 있다. 동네 사람 모두 모여 저마다 영화에 빠져 자기감정을 표현하며 소란스러움 속에 영화를 본 것 같다. 후에 사촌형의 데이트에 끼어 「분홍 신」, 「북서로 가는 길」이란 영화를 보았다. 초등학교 학생으로 벅찬 영화지만 기억이 뚜렷할 정도로 재미와 감동을 느꼈다. 중학교 들어가 단체로 영화 관람을 할 때 빠지지 않았다. 영화가 좋았다.

주연배우는 나의 우상이었다. 「녹원의 천사」를 보고 엘리자베스 테일러에 잠 못 이루고 「베라 쿠루즈」의 바트 랑카스터가 머리에서 떠나지 않는다. 장 가방, 제임스 스츄어드, 마론 부란도 등 그들이 출연하는 영화는 하나도 놓치지 않았다. 배우 중심에서 이야기 중심으로 감독 중심으로 그리고 영화 전체의 음악, 촬영, 의상, 배경 어느 하나 놓치고 싶지 않았다. 어느 영화 하나 버릴 것 없다. 모든 영화가 나를 끌어들였다. 하루에 세 편의 영화도 보는 영화광이 되었다.

학창시절 미성녀자 관람 불가라는 제도를 무시하였다. 어떠한 방법으로도 관람을 했다. 그러한 행동에 후회도 없다. 광적인 영화팬은 장래의 직업도 그러한 방향이었으면 좋겠다고 생각했다. 연기자가 될 자질은 없는 것 같고 감독 같은 것은 능력에 부칠 것 같고 영화판에 따라다니는 스태프 중 어느 하나라도 하고 싶었다.

생각은 생각으로 끝났다. 언제 어떻게 생각이 변했는지 나도 모르게.

그 후에도 영화 보기를 좋아했다. 혼자 보기를 좋아했다. 혼자 감정에 몰입해서 영화 속에서 헤매고 있는 나를 보곤 한다. 누구와 같이 영화를 보면 내 영화가 되지 않는 것 같다. 아무리 가까운 사람과 영화를 보아도 진정한 감정을 같이하지 못하고 상대방 감정에 동조해 주는 것 같아 감상의 맛이 덜하다. 사회생활을 하면서 여러 가지 제약과 이유로 극장 출입이 줄어들었다. TV의 안방극장이 그 자리를 대신했다. 드라마를 즐겨 보았다. 유치하다고 손가락질 받지만 개의치 않는다.

집사람도 영화를 좋아한다. 시간이 있으면 영화관 데이트를 즐긴다. 경로우대에 카드 할인이면 부담 없는 경비에 한나절을 즐긴다. 식당가를 돌아다니며 간단한 것 골라 먹는 즐거움도 함께한다. 친구들도 함께해 씨네팅이라는 행사를 만들어 좋은 영화 골라 보고 식사하며 소주 한잔 걸치는 즐거움을 같이한다.

좋은 영화 한 편이 나도 집사람도 친구도 모두를 즐거운 시간으로 이끈다.

식도락과 식탐

어렸을 때 먹거리가 부족해 무엇이든 잘 먹었다. 이것저것 가릴 처지가 아니었다. 그러나 미각은 있어서 맛은 알았다. 그 시절 평소에 접하기 어려운 음식을 대할 때면 남의 눈치 보지 아니하고 게걸스럽게 먹어 댔다. 맏이라는 특권에 좋은 반찬을 내 밥그릇에 얹어 놓을 수 있다. 나는 타고난 건강 체질과 좋은 식습관으로 무엇이든 잘 먹었다. 별로 가리는 것이 없다. 음식 모두는 그 나름대로의 맛을 지니고 있다. 처음 먹어 보는 음식도 호기심 있게 맛을 음미하며 먹는다.

사회생활을 하며 먹거리를 접할 기회가 많았다. 지방 출장이 잦았고 지방 근무도 많이 한 편이다. 사무실 분위기도 좋은 먹거리를 찾아다니는 데 인색하지 않았다. 소문나고 특징 있는 식당은 어떻게 해서라도 가보는 경향이 있다.

일반적으로 식도락이라 함은 음식에 대해서는 수준 높은 단계에서 즐기는 경지를 말하는 것이다. 여기에는 예의가 따르고 객관적 평가가 따르고 누구나 인정할 수 있는 미각이 수반되어야 할 것이다. 나는 이런 순수한 의미의 식도락가라기보다 무엇이든 잘 먹을 수 있는 좋은 식성을 갖고 태어나 음식을 즐기는 부류다.

어찌 보면 식탐이 많다고 하는 편이 맞을 것 같다.

상한 음식도 맛있게 먹으며 그 음식의 고유의 맛인 줄 알다가 주위로부터 핀잔을 들을 때가 많고 내가 맛있다고 추천해 같이 갔다가 사람들이 얼굴을 찡그리고 하는 경우도 많았다. 맛에 대한 내 평가는 믿을 것이 못 된다고 한다.

서울에서는 모든 맛을 즐길 수 있다. 우리나라 고유음식과 팔도강산 음식을 여러 가지로 변형시켜 요즘 입맛에 맞추기도 하여 본래의 맛을 알 수 없게 만들기도 한다. 세계 각국의 요리를 우리 입맛에 맞게 만들기도 한다. 여러 가지의 음식이 많다. 새로운 맛집이 많이 생겨나고 전통 있는 음식점도 소리 소문 없이 없어지기도 한다.

이제 세계적으로 진출해 우리 음식이 없는 곳이 없고 그곳에 가서 우리 음식을 못 먹으면 힘들어하는 사람도 많다. 나는 지방 근무를 할 때마다 그곳 음식의 참맛을 맛보려고 노력한다. 허름한 집 할머니의 밥상에서 나물 하나 젓갈 하나 물어보며 맛을 음미하며 음식을 즐긴다. 내가 가면 아껴 두었던 먹거리를 내어놓을 때도 있다. 횡재한 기분이다. 밥집 아줌마나 할머니에게 예우도 깍듯이 한다.

지리산 자락에서 1년 반 근무를 했다. 전라남북도 경상남북도를 헤매며 먹기에 바빴다. 모든 사생활은 먹거리 생각으로 가득했다. 그 지방 특유의 음식의 참맛을 맛볼 때도 있었지만 대개는 음식이 규격화되어 그 집이나 저 집이나 비슷했다.

내가 맛있다고 느끼면 맛있는 것이다. 분위기에 따라 맛이 바뀌기도 한다. 누구와 같이 먹고 어떤 여건이고 그날 기분이 어떤지에 따라 같은 음식도 맛이 달라진다. 이제 미각도 서서히 퇴화하는 모양이다. 맛에 대한 분별력도 떨어지고 소화 기능도 떨어지고 건강상 가려 먹어야 하고 소식이 좋고 되도록 맛있는 것은 피하라는 때가 되어 음식 자체에 대한 두려움이 느껴지기도 한다.

살아가는 재미가 적어지고 있다. 본능적인 식욕 자체를 억제해야 한다. 이제 맛에 대한 집착보다 가까운 사람들과 어울려 맛있는 여행을 하는 것이 더 즐겁다. 여유 있는 웃음을 같이할 수 있고 무엇이든 맛있게 먹을 수 있는 너그러움, 그리고 계산에 인색하지 않을 수 있는 여유… 내 주위에 그런 사람들이 많았으면 좋겠다.

좋은 음식보다 좋은 친구와 같이 음식을 먹는 시간이 더 좋다.

술

술을 마시는 것인지 먹는 것인지 정확히 모르지만 나는 음식으로 생각해 먹는 것으로 표현한다. 나는 체질적으로 술을 먹지 못한다. 술을 분해하는 효소가 없어서인지 한 잔만 마셔도 온몸이 검붉게 변색되고 심장이 요란스럽다. 유전이라 생각된다.

내 고조할아버지께서는 지방 토호 행세를 하며 술을 많이 하고 활개치고 호령하며 세월을 보내셨다. 장마철에 술에 취하셔 동네 뒤 큰 개천에서 사고를 당하셨다. 이후 그 후손들은 아무도 술로부터 자유스럽지 못했다. 4대를 지난 나에게도 예외는 아니다. 스스로 인정했다.

대학 때 운동을 하면서 연습 끝나고 저녁 막걸리가 일정의 하나가 되었다. 혼자 빠질 수가 없어 자리를 지키는 일이 반복되었다. 이러한 습관으로 술자리에 앉아 있는 일이 어렵지 않게 되었다. 술 먹은 사람의 마무리는 자연스럽게 내가 하게 되었다. 굳이 나를 데려간다.

사회생활을 하면서도 예외는 아니다. 직장 성격상 술자리가 많았다. 상사와 동료 간에 술자리에서 비공식 의사를 교환한다. 취해서 본성이 드러났다고 생각될 때까지 억지로 술을 마시게 한다. 그리고 스스로 술 잘 먹는 사람치고 악인은 없다고 주장한다. 자리를 피하지 않고 함께했다. 한두 잔 마시면서 분위기에 동화되었다. 술의 힘을 빌려야만 의사소통이 되고 이해되고 형제가 되고 미래를 약속하고 동지가 되는지 알지도 못하면서. 그리고 그들과 어울렸다.

취하면 이성이 흐려진다. 타산적이지 못하다. 뒤에 일을 일으킨다. 그리고 후회한다. 이러한 음주 습관으로 십여 년 사이에 소주 한두 잔에서 한 병까지 늘었다. 체질적으로 받지 않는 술로 인해 건강에 문제가 생겼다 겁을 준다. 술을 끊어야 된다. 술자리를 피해야 된다. 한 방울도 먹지 않는 술자리는 고역이고 술 취한 사람의 행태도 보기 힘들어지기 시작했다. 어제의 시각이 이렇게 달라질 수도 있는 모양이다.

건강이 회복되어 다시 조금씩 마셔본다. 모임의 자리가 부드러워진다. 술자리의 상황을 긍정적으로 받아들이고 있다. 그 자리 속의 내가 행복하다. 건강의 범위에서 먹을 만큼 먹는 술자리가 되었다. 억지로 권하지도 않는다. 술잔을 돌리지도 않는다. 옆 사람의 빈 술잔에 술을 부어 준다. 술을 권하지 않는다고 섭섭해하지도 않는다. 마실 만큼 마시고 취할 만큼 취하고 즐거움이 한껏 올라갈 때 자리에서 일어선다. 후일 다른 술자리를 기약하며.

담배

아버지는 담배를 피우지 못했다. 드물게도 체질적으로 담배를 거부했다. 담배 피우는 사람 옆에 있기 힘들어했고 담배 피우는 사람이 집에 와서 담배를 피우고 가면 아무리 추운 겨울에도 이삼십 분

창문을 열어 환기를 해야 했다. 같이 생활을 하는 가족도 힘들어했다. 늘 내 생전에는 담배를 피우지 말라고 교육받고 자랐다.

일반적으로 보통 사람들은 담배는 체질적 문제라기보다 습관에 의한 중독 증세라고 생각한다. 학창시절 자신도 성인의 일원이 되었다는 확인으로 몰래 담배를 피워 보기도 한다.

또래 친구들 사이에 어른 행세를 하며 우쭐해하기도 한다.

나는 아버지 말씀을 제대로 들은 것이 없어 금연 하나만은 실천하기로 했다. 운동을 하며 합숙 훈련을 할 때 혼자만 담배를 피우지 않는다는 것이 쉽지 않았고, 힘들고 외로운 군복무 시절 담배의 유혹을 떨치기 어려웠다. 직장생활에서도 유별나게 보일 때가 많았다. 담배를 피우지 않거나 끊는 사람을 독하다고 말한다. 그리고 담배를 피우지 않는 사람을 곱지 않은 시선으로 볼 때도 있었다.

특별 세무조사 팀장으로 어느 회사에 세무조사를 나갔다. 사장실에 들어가 출장증을 제시하고 조사 취지와 방향을 설명하고 착수하겠다고 했다. 사장은 우선 담배를 권했다. 나는 담배를 못 피운다고 했다. 세 사람이 담배를 끊고 두 사람만 피웠다. 차례로 담배를 권했는데 피우는 마지막 두 사람도 선뜻 받을 수 없어서 못 피운다고 했다. 순간 사장의 안색이 변하는 것을 느낄 수 있었다. 독한 사람들한테 잘못 걸렸다는 자신의 불운을 탓하는 것 같았다. 우리 자신도 바람직한 처신이 아니었음을 인정하였다.

이제 담배가 건강에 미치는 영향 때문에 금연하는 친구가 많이 늘었다. 심지어 가족의 건강에 좋지 않다고 담배를 끊는 모습도 보게 된다. 말로만 담배를 끊는 친구들을 볼 때마다 결단력이 부족하다고 생각한다. 최근에 담배를 피우는 사람의 설 땅이 점점 좁아지고 있다. 가장 큰 것이 흡연 장소다.

때와 장소를 가려가며 피워야 하는데 이것이 일치하기 어렵다. 몸은 담배를 강력히 요구하는데 피울 곳은 마땅치 않다. 규정을 지켜 피우려면 몸이 힘들다. 주위를 의식하지 않고 피우려면 시선이 곱지 않다. 그들의 고충도 이해가 된다. 내 경우 어려서부터 담배 피우는 친구들과 어울려 담배 연기 냄새에 익숙해 거부감이 없지만 피울 수 없는 장소에서 피우면서 주위로부터 핀잔을 받거나 곱지 않은 시선을 의식할 때 가만히 있기 힘들어진다.

사회의 흐름, 시대의 방향에 동참하기를 바란다. 그렇다고 유일한 즐거움을 박탈하려는 것은 아니니 현명한 처신을 하는 지혜를 발휘하였으면 하는 바람이다. 담배도 피울 줄 모르는 사람이, 담배의 오묘한 맛도 모르는 사람이 제멋대로 떠드는구나. 세상 좋아졌다.

고스톱

어머니는 화투를 즐겼다. 생각하는 것을 싫어해 다른 것은 칠 줄 모르고 오직 민화투만 즐겼다. 어린 나에게도 가르쳐 줘서 같이 치곤 했다. 뒤에 고스톱이라는 것이 생겨 한 단계 발전하였다.

　나는 잡기라는 오락은 하나도 할 줄 모른다. 사회생활을 하면서 고스톱을 배워 유일한 오락으로 즐겼다. 재미가 있다. 운칠기삼이라고, 특별한 기술을 요하는 것이 아니고 짝만 맞추고 화투패의 숫자나 파악하면서 진행 상황만 확인하면 잘 친다는 소리를 들을 수 있는 단순한 놀이다. 더 깊이 들어가서 확률을 생각한다든지 상대방의 심리, 치는 습관을 감안한 심리전을 편다면 고도의 기술에 해당하는 정도다.

　치다 보면 기술은 엇비슷해지니까 패가 나오는 운이 승패를 결정하는 것이 태반이다. 따라서 억지로 되는 것이 아닌 것이 인생사와 흡사해서 재미를 더한다. 보통 도박으로 생각하는 경우는 드물다. 오락이라든지 무료한 시간을 보내기 위한 수단이라든지 어색한 자리를 부드럽게 하는 윤활유 역할을 한다든지 좋은 방향으로 생각하며 즐겨야 한다. 성격에 따라 치면 안 될 사람도 있다. 돈에 집착하거나 승부욕이 강하거나 감정 표현이 직선적이거나 남의 탓을 잘하는 사람과는 함께하기 어렵다.

　내 화투는 접대 문화에서 시작되었다. 술, 노래, 춤 모두를 못하는 나에게 그나마 막간을 이용해 치는 화투가 견딜 만했다. 아니 어쩌다 보면 재미에 빠지곤 한다. 접대 화투는 부정적인 면이 많은 것도 사실이다. 화투 밑천을 대어 주든가 고의로 잃어 준다든가 따면 돌려준다든가 등등.

동료 친구와의 화투도 한계가 있다. 도박의 개념으로 넘어가면 멀리해야 한다. 그러나 나는 화투를 즐긴다. 즐길 줄 아는 사람들과 즐긴다. 즐길 줄 아는 방법도 터득했다. 나이가 들면서 온몸이 쑤실 때까지 할 때 후회하며 자리를 일어선다. 집사람의 짜증, 이리저리 갖다 대는 핑계, 가벼워진 지갑…. 자제해야지 하면서 자리가 마련되면 또 친다. 다만 치는 사람하고만 친다. 새 자리는 피한다.

때가 되면 가족의 모임에 고스톱 판을 벌인다. 어머니도 하고 싶어 하지만 뒷전에 앉는다. 밑천이라고 봉투만 드리고 구경만 하시라고 한다.

세월이 흘러 요즘 아이들하고 치면 얼마 되지 않아 주리를 튼다. 우리 기분하고 상관없다. 후회스럽다. 어머니가 얼마나 고스톱을 치고 싶어 하셨을까. 많이 쳐드릴 것을. 즐겁게 해드릴 것을. 아직도 나는 커가는 모양이다.

우리 집 쓰레기통에는 난수표 같은 숫자가 가득한 종이가 나간다. 집사람과 둘이서 고스톱을 치며 시간을 보낸 흔적이다. 현찰로 하자고 하지만 너무 돈에 집착하는 것 같아 마지막에 계산하기로 한 흔적이다. 재미있다. 시간 가는 줄을 모른다. 치매 예방이라고 주장하지만 따고 잃는 재미도 있다. 긴장하며 계산을 잘못하지 않으려고 신경 쓰고 상대방의 잘못된 계산에 쾌재를 부르며 즐거워한다.

오늘도 담요 위에 널려 있는 화투에 정신을 쏟는다. 그리고 돈 만원이라도 손에 쥐고 일어서면 횡재한 기분이다.

　이렇게 즐기고 살아간다. 남이 뭐라고 해도 개의치 않는다.

::

생각하고 느끼며 고민했다

세무서에서 근무하다

어떤 일을 하면서 살아가야 하나. 보람도 느끼고 만족도 하면서 즐거운 마음으로…. 늘 마음속에 품고 있는 과제 같았다. 스스로 일을 만들어 창의적으로 살기에는 주어진 여건과 능력이 부족해 할 수 없다. 어떤 조직에 들어가 주어진 일을 하며 대가를 받는 속칭 월급쟁이가 될 수밖에 없다고 생각했다.

다양한 분야의 일을 선택할 수 있는 공무원 사회에 들어가고 싶다. 공무원이 되기 위해 전공도 그 분야를 택했다. 두 번의 사법시험에 떨어져 30개월의 군 복무를 마치고 사회 진출의 문턱에 섰다. 노동 분야와 조세 분야에 대하여 구체적으로 저울질했다. 노동 분야는 내 열정이 나를 몰입시켜 나 자신의 존재를 없앨 것 같은 두려움이 있고 조세 분야는 그 특성상 빠지기 쉬운 인간적 약점으로부터 나 자신을 지킬 수 있는 의지가 있어 해볼 만하다는 결론을 스스로 도출했다.

국세청이 발족하여 2년차에 더 활력 있게 업무를 추진한다고 들었다. 청장은 혁명주체 소장파 장교출신 이낙선이다. 기억을 되살렸다. 혁명 초기 우리나라 대표적 지성이고 어르신인 분과 지상으로 주고받은 논쟁에서 혁명의 실체와 당위성을 당당히 주장했다.

이런 분이라면 내 생각, 내 행동을 이해하리라 기대하고 사신을 보냈다. 나의 소개와 함께 내가 왜 세무 공무원이 되려는지, 어떤 공무원이 되고 싶은지, 꿈이 있는 젊은이에게 길을 열어 주는 것이 나라의 미래를 책임지고 있는 사람의 책무라고 열정을 다해 글을 썼다. 이 편지를 직접 보기만 하면 어떤 반응이 있으리라는 단순한 생각으로, 보지 못할 가능성이 얼마나 많은지도 생각지 않고 집주소로 우송했다.

보름 후 회신이 왔다. 비서관으로부터 청장이 관심이 많으니 면담을 하겠다고. 청장을 만나러 갔다. 바쁘다. 급히 나가며 비서관과 상의하고 다시 보자고 한다. 조금은 실망하였다.

비서관이 인사계장과 상의하더니 곧 총무처에서 세무 공무원 채용 시험이 있으니 응시하고 합격 후에 같이 일하자고 한다. 내가 생각하던 그림은 아니었지만 이 방법이 합리적이라고 생각하고 절차를 밟았다. 당시 4급 을 세무직 채용시험에 합격했다.

발령을 앞두고 고민했다. 발령은 성적순이라고 친구들이 귀띔한다. 이제 나는 평생 세무 공무원을 할 자세를 갖추고 그 길을 들어서는 문턱에 섰다. 청장의 주위에서 어른거려 그분의 관심을 끌고 어떤 연을 대어 자신의 입신의 발판을 삼는 것이 평생 일을 하는 데 도움이 될 수 있을까 하는 회의가 들었다.

원칙대로, 흐름대로 따르기로 했다. 그 속에서 최선을 다하자. 청장을 생각하며 꿈꾸며 그렸던 그림을 마음속으로 접기로 하고 원칙대로 훈련소 수용연대에서 대기하는 기분으로 국세청의 문을 들어서자.

국세청 직제 중 하급 일선 관서로 세무서가 있다. 상급 기관인 국세청과 지방 국세청의 지휘 감독을 받으며 세정 업무를 집행한다. 납세자의 창구다. 나는 세무 공무원 임용 시험에 합격해 성적과 조건에 따라 부산 세무서 발령을 받고 이후 여러 지역의 세무서에서 근무를 하며 주어진 업무를 수행 했다. 당시의 상황과 생각 심정을 돌이켜 본다.

조사과 근무

명칭과 달리 조사와는 관련이 적고 수집된 과세 자료를 전국 세무서에 통수보하는 배달부 같은 역할이다. 당시는 이 과세 자료들이 유일한 과세의 근거가 되는 것이어서 중요한 일이었지만 단순하고 업무량이 많아 기피하는 업무였다. 당시 세무서 직제는 세목별로 부서가 정해져 관리하고 종합분야로 총무와 조사가 있었다. 이 두 분야는 직원의 선호도가 떨어져 근무 태도도 열정적이지 못하였다.

또래의 직원들과 직급에 상관없이 어울리며 업무와 생리를 배우고 익히려 애썼다. 그들의 가치관과 생활 태도 모두를 수용하고 관찰하며 나의 방향을 정립하려 노력했다. 내가 추구하는 세계와 현실이 조화를 이룰지 평생 견딜 만한 직장인지 생각이 많아지기 시작했다.

현실적으로 업무가 힘들었다. 내 교육과 머리에 상관없는 단순 반복의 업무와 하숙비와 일상 생활비도 충당하기에 빠듯한 월급에 내 가족을 부양할 수 있을지 회의가 들고 업무에 흥미를 잃었다. 변화를 갈망하였다. 우선 이곳을 벗어나고 싶었다. 서울 생활이 그리워지기 시작하였다.

법인세과 근무

본청에서 근무하면 일선 세무서에 발령받을 때 상급기관에서 열심히 일한 보상으로 희망 세무서, 희망 보직을 받을 수 있는 유리한 기회를 얻는다. 경합이 심하면 후순위로 밀리지만 대강은 섭섭하지 않게 배려된다. 나도 이러한 관행에 따라 중심 세무서 법인세과를 희망했다.

71년 세정이 힘들 때였다. 경기에 한계가 있어 매달 징수되는 내

국세가 그 달의 국고를 채우기 힘든 상황이다. 그 전년부터 국고 마감일에 세수를 채우지 못해 조상 징수라는 생소한 용어를 사용하여 납세자로부터 다음에 내야 하는 세금을 앞당겨 징수했다. 계수상으로는 목표를 채우고 행정을 성공적으로 수행한 것으로 되어 있으나 내면적으로 허구였다.

이러한 때 납세자에게 국세징수가 위임된 매달 납부하는 원천징수 세액은 큰 의미를 갖게 되었다. 세수 규모가 크다. 매달 납부된다. 때문에 법적으로 다음 달 10일에 납부하는 세액을 그달 말일까지 독려하지 않을 수 없게 되었다. 말이 독려지 강요이거나 사정이었다. 내 담당 구역은 광화문 사거리 옛 국제극장과 동아일보를 시발로 해서 북쪽으로 청와대 비서실과 경호실을 끝으로 하였다. 이들 기관의 원천징수 세액이 우리 세무서 세수의 상당한 비중을 차지하여 내 역할의 중요성을 관리자도 인식했다. 그리고 압박을 받았다.

힘든 업무의 연속이다. 매달 방문하여 업무 결산 정도를 확인하고 독려하며 예상하고 납부 여부를 확인한다. 계속된 업무에 납세자의 짜증과 공무원의 격무에 스스로 회의에 빠져 훌쩍 떠나 버리고 싶어진다. 건강도 견디기 어려워 아파 누워 버렸다.

체납 정리. 어려운 업무다. 습관적으로 세금을 내지 않고 보는 사람도 있다. 세금에 불만이 있어서이기도 하고 돈이 없어서이기도 하고 금리보다 유리하다는 계산이기도 한 모양이다. 체납은 정리해도 한이 없고 누적되어 가고만 있다. 매월 정리 실적을 평가해 인사에 반영한다고 한다.

이제 벼랑에 선 사람이 되었다. 어느 하나 능력이 없다. 업무에 능숙한 친구에게 하소연하며 상의하였다. 이 상황을 피할 수 있는 방법은 인사 이동으로 자리를 바꾸는 방법뿐이라고 한다. 결국 인사 청탁을 하는 것이 현실적이라고, 방법은 여러 가지 자신이 할 수 있는 것을 선택하라고.

망막하다. 늘 그랬듯이 형에게 이야기했다. 형은 자신의 자존심을 팽개치고 청탁한 모양이다. 이렇게 하여 힘들고 고달픈 세무서 생활을 탈출하였다.

다른 세무서에서 법인세과 근무

부산, 서울의 도심 한복판에 있는 세무서에 근무하다가 변두리 외각에 근무하기는 처음이다. 일찍이 공장 지역으로 가내 공업으로부터 대기업으로 성장한 역사가 있는 제조업이 모여 있는 지역이다. 내가 사업자를 상대한 것보다 훨씬 많이 오래 세무 공무원을 상대한 납세자다.

이런 지역은 세정의 집행이 쉽다. 때문에 직원의 선호도가 높다. 나는 오랜 상급기관의 근무로 권위가 생겼다. 과 계장도 나에게 호감을 갖고 업무에 기대를 한다. 납세자도 친분이 있는 사람이 있어 어려움이 있으면 도움을 청할 수 있다. 현재의 위치에 만족하니 더 편하다.

업무는 법인의 종사 직원을 상대로 한다. 종업원의 입장이어서 상식적이고 합리적이어서 억지를 부리지 않는다. 회사를 아무리 위한다고 해도 자신을 상해 가면서 회사를 옹호하지는 않는다. 전통이 있는 회사이기 때문에 오늘의 이익에 집착하지 않고 미래를 보는 경향이 있다.

현실적으로는 중소기업, 영세한 기업을 처음 대하는 경우가 많았다. 그들에게 새삼스럽게 원리 원칙을 따져 과세하는 것은 어려웠다. 과세 관행과 정황 참작으로 합리적인 과세를 하려는 노력이 필요함에도 재량의 범위는 최소화하고 몸가짐을 떳떳이 해야 한다는 소신에 따라 행동했다. 경우에 따라 상대적으로 불공평한 처분을 받는 결과에 고민했다. 세무서 경험이 많은 가까운 친구의 조언을 많이 참작했다. 주어진 업무의 범위 내에서 너무 독선적으로 흐르는 경향이 있을 것 같아 불안하였다. 나를 돌아보며 반성에 게을리 하지 않았다. 그들을 이해하고 배려하려는 마음에 그들과 친구가 되고 그들과 어울리게 된다. 그러나 그러다 자신의 위치를 망각할 우려가 있다.

나를 지켜야 한다. 스트레스가 온다. 퇴근 후 시장 골목에서 소주를 마신다. 취해서 투정도 부리고 어느 누구엔가 기대고 싶어진다. 그리고 내가 오랫동안 머물 곳이 아닌 것 같은 생각이 밀려온다.

법인세과 관리자로서 근무

후일 비슷한 환경의 세무서에서 같은 업무의 관리자로 근무했다. 실무자를 벗어나 업무를 지휘 통솔하며 법인 세정을 이끌고 있는 자신을 본다. 좀 더 큰 시각으로 넓게 보려 했다. 때문에 실무자와 시각의 차이가 있을 때 합리적 설득이 힘들다. 창의적으로 일을 벌려 새로운 일을 시도하면 주위가 시끄러워지고 결과도 만족스럽지 못하다. 그리고 관리자가 바뀌면 다시 원상태로 돌아간다.

무사안일이 가장 편한 처신이라고 생각을 하게 된다.

많은 생각을 하고 반성하며 행정을 집행했다.

재산세과 근무

소득이 있는 곳에 세금이 따르는 것이 정의롭다. 그러나 조세법률주의에 의해 일정한 요건에 따라 과세하거나 또 제반 정책 목적에 의해 과세가 제한되어 비과세로 규정하거나 감면한다. 그중 우리를 혼란스럽게 하는 것이 부동산에 대한 과세이다. 부동산의 이동에 따라 양도자에 대한 양도차익에 대한 과세 문제와 취득자에 대한 증여 상속 해당 여부의 검토에 따라 과세 문제가 대두된다.

우리나라는 과밀한 지역에 가용 토지는 상대적으로 좁아 토지 가치가 경제성장에 비해 더 급격히 오른다. 때문에 토지가 투자 내지는 투기의 수단으로 이용되어 왔다. 여러 가지 사회 정책적 요인과 환경으로 법과 제도의 변화가 많았다. 초기 세수에 미치는 영향이 크지 않아 업무의 중요성이 크지 않았지만 세수와 상관없이 세정의 중요 부분을 점하기에 이르렀다. 직제를 개정해 재산세과를 신설했다. 그 시절 신설된 재산세 과장에 부임했다. 업무는 등기소에서 등기 자료를 수집하고 취득 자료 양도 자료별로 구분하여 대장을 작성하고, 자료를 처리하는 것이었다. 실거래 가격으로 과세하는 것이 원칙이었지만 행정 집행의 어려움과 납세자와의 마찰로 인해 정부가 고시한 기준시가를 적용해 과세했다. 당시 기준시가는 시가의 절반도 못 미치는 수준이었다. 때문에 과세의 형평성에 문제가 많아 제도 개선을 수없이 건의하였으나 사회 환경이 이에 따르지 못해 이루어지지 못했다.

구체적으로 업무를 집행함에 있어 직원들과 납세자와의 마찰이 많거나 유착의 가능성으로 부정의 소지를 안고 있어 관리자의 고민도 많았다. 직원들을 관리 감독하는 입장에서 업무를 집행해야 했기에 스스로 자신에 대한 회의가 들 때가 많았다. 그래도 조직의 일원으로서 그들과 같은 입장에 서서 이해하며 설득하여 업무를 처리하였다. 또 납세자들은 사업자가 아닌 사람들로서 과세 당사자가 처음인 사람이 대부분이어서 납득시키고 다루기가 힘들었다. 그들을 이해시키고 과세하고 징세한다는 것은 어려웠다. 자신들의 무지 또는 잘못으로 인해 내지 않아도 될 것을 빼앗기는 기분이 들어 불만도 많고 민원도 많았다. 어려운 업무였다.

그 뒤에도 오랫동안 재산제세 업무를 접하게 되었다. 상속 증여 조사도 하고 투기자에 대한 특별 조사도 하면서 느낀 점은 재산의 이동에 대한 엄정한 과세가 부의 이전에 정당성을 부여한다는 것이다. 요즘도 이런 문제로 상담하러 오면 객관적으로 대답해 준다. 주로 아이들에게 증여하여 재산을 물려주려는데 어떻게 하면 절세할 수 있는지 방편을 묻는 경우가 많은데, 재산 평가 방법이 납세자에게 유리하게 되어 있으니 억울해하지 말고 정당하게 세금을 내고 이전하라고, 그런 방법은 아이들이 자신의 정당한 소득에 대한 소득세를 납부하고 저축해 재산을 취득하는 방법보다 훨씬 유리하다고, 불로 소득이 노력하여 얻은 소득과 같은 혜택을 받는다는 자체가 더 모순이 아니냐고 이야기하면 기대했던 대답이 되지 못한다며 섭섭해하곤 한다.

이제 우리의 자본주의도 성숙하여 재벌 업체들도 3대 세습이 이루어지고 있다. 경제 규모도 엄청나게 커져 이들에 대한 상속 증여 문제가 주시의 대상이 되고 있다. 기업은 유능하고 우수한 인재들로 구성된 팀들에서 오랫동안 준비하고 실행하여 경영권의 이전이란 명목으로 부의 세습을 이루고 있다. 대부분 적은 세금으로 정당한 부의 이전을 목표로 한다. 뒷날 늘 이런 이유가 문제가 될 수 있다. 정당성은 정의감과 연결되고 도덕성이 문제가 된다. 길게 생각하고 객관적이고 보편타당한 상식으로 문제를 풀려는 참모는 기업주로부터 무능한 사람으로 보여 도태되는 경우를 본다. 상대적으로 가장 합리적인 편법으로 절세하는 사람이 유능한 참모가 되어 그의 신임을 얻는다.

현재 재산에 관한 과세 제도는 현실 여건을 개선해 합리적으로 변화하고 있다. 재산 보유의 정당성과 정의감이 함께 인정되는 사회가 건전한 사회이기 때문이다. 때문에 재산에 관한 과세는 단순한 징세의 수단이 아니라 개인이 재산을 보유한 상황에 대한 정당성을 보장하는 목적도 함께해야 사회가 건전하고 발전할 수 있을 것 같다.

세무조사를 시작하고 끝내다

세무조사

세무 공무원의 질문 조사권의 행사로 적법 성실 신고 납부 여부를 확인하는 행위를 일반적으로 세무조사라고 한다.

조사의 필요성 납세자의 성실신고가 조세행정의 기본이다 자진신고의 적정 여부를 확인하여 불성실신고에 대한 응징으로 성실신고를 확보하는 수단이다. 조사의 집행과 절차는 조세정의를 위하여 엄정해야 한다.

조사기관 세무서장, 지방 국세청장이 부과 징수권이 있으므로 이들 기관에서 세무조사를 한다. 세무조사를 담당하는 부서는 당초 세목별 조사 시 이를 관장하는 부서에서 했으나 통합조사 체제로 전환되었고 조사의 권위와 효율을 위하여 본청 조사국의 지휘를 받는 조사도 있었다.

조사요원 세무 공무원은 누구나 세무조사를 하는 요원이다. 그러나 자질과 능력을 높이기 위하여 교육해 일정한 요건을 갖게 한다. 내부적으로 시험을 보아 선발해 조사요원증을 발급하고 자긍심을 갖게 하여 조사의 권위와 효율을 높이려 했다. 그리고 인사상의 우대를 하여 조직의 중심이 되기도 했다. 조사요원은 외면적 요건도 중요하지만 내면적 품성이 중요하다. 원리 원칙주의자로 융통성이 없고 차갑게 보이지만 납세자를 향한 따뜻한 마음을 가져야 되고 자신에 대해 엄격하여 스스로 자신을 통제해 어떠한 유혹도 뿌리칠 수 있는 자세여야 한다.

조사대상 어떤 기준에서 어떤 사업자를 조사대상으로 선정하느냐는 세정의 가장 중요한 요소 중 하나다. 초기에는 전 사업자를 조사했으나 그 수가 점점 줄어 일부만 조사받는다. 조사 선정 요소를 객관화해 엄정하게 분석 검토하고 자의성이 개입될 수 없게 한다. 그리고 내부적으로 감사를 하며 사후 검증도 받는다. 특별한 목적에 따라 조사대상을 선정하기도 한다. 반사회적 기업이나 사회적 물의를 일으키거나 탈세 제보가 신빙성이 있으면 이들을 특별 조사 명칭으로 조사한다.

조사집행 조사업체에 대한 출장 명령을 받는다. 출장증에는 기본적으로 조사목적과 조사자와 조사기간이 명시된다. 조사반장은 조사 업체의 신고 상황, 업종의 특성 등을 사전 분석해 조사반원과 함께 조사방향을 정하고 조사의 효율적 집행을 위하여 충분한 토의와 함께 관련 서적을 구입, 예비지식을 숙지한다. 조사업체에 임해 대표자 또는 책임자에게 출장증을 제시하며 성실히 조사에 협조해 줄 것을 부탁한다.

조사의 기본은 사실 행위가 정확히 기장되었는지의 여부다. 원재료의 구매, 제조, 판매 그리고 이에 따른 자금과 현물의 이동 등이 조사 대상이기 때문에 업체의 모든 종사원이 관여하게 된다. 경리부서의 일이라고 생각하는 타 부서의 협조를 받기 힘들다. 매일의 조사는 일일보고 형식으로 반장에게 보고하고 반장은 조사를 지휘 관리하는 상사에게 보고한다. 조사가 종결되면 종결 보고를 하여 승인을 받고 업체의 대표나 책임자에게 조사사항을 상세히 설명한다. 다시 서면으로 통지해 이의가 있는 사항에 대해 소명의 기회를 준다. 조사자는 납세자의 사정 때문에 조세 일실의 사태가 발생할 때 고지 전 압류로 조세 채권을 확보 한다.

결정과 사후관리 해당 세무서장은 조사 결과를 부과 결정해 국세를 징수한다. 납세자는 세금을 납부하고 조사에 대하여 이의가 있으면 불복 청구를 한다. 조사자는 불복 청구에 대해 과세권이 유지되도록 최선을 다해야 한다. 조사의 결과에 대한 사후의 모든 책임을 조사자가 져야 한다.

조사 업무와 그 환경

나는 조사과에 근무할 때 보고서 제출 상황 검토표라는 조사를 했고 원천제세를 담당하며 원천제세 계정대사를 했다. 지방청 법인세과에 근무하면서 통합조사 요원이 되었다. 조사의 엄정성과 독립성 그리고 권위를 위한 효율적 운영이 필요했던 모양이다. 본청 조사국의 지휘 감독에 의해 산발적으로 집행되던 조사도 본청 연합조사반, 지방청 조사반, 세무서 조사반으로 제도화되고 세목별 조사도 한 번의 통합조사로 제도화되어 가고 있었다.

본청 연합 조사반의 제도가 정립되면서 조사의 독립성이 존중되었다. 전국에서 우수 조사요원이 선발되어 업무량이 비교적 적은 세무서로 발령받아 소속되었으며, 실제로는 본청 연합 조사반으로 근무했다. 기획 운영을 담당하는 내무반이 있고 나머지는 실제 조사 업무를 수행하는 행동대원이었다. 처음 반 편성은 매 조사 시마다 변동되는 유동성 편성이었는데 집행하다 보니 문제점이 발생해 6개월 고정 반으로 편성했다. 사무실도 없이 대기하고 있다가 명령을 받으면 조사를 하고 끝나면 다음 조사로 이어지곤 했다. 어쩌다 조사가 바로 이어지지 못하면 일주일 이상씩 집에서 대기하는 경우도 있었다.

1979년부터 정식 직제로 정착되었다. 지방청 단위로 조사국이 신설되어 조사반을 운영했다. 이러한 제도의 변천 과정에서 나는 76년부터 본청 연합 조사반에 동원되었다. 소속은 순천 세무서다. 임지에 가보지도 못하고 월급만 우송되어 왔다. 1개 반 2개 계로 편성되고 반장은 사무관, 계장은 선임 주사로 하였다. 보통 1개 계가 한 업체를 조사하지만 중요도에 따라 한 개 반 또는 수개 반이 투입되는 경우도 있다. 나는 계장이 되어 조사책임을 맡았다. 반원들은 우수했고 반장은 원리원칙 주의자로 빈틈없고 냉정하게 보이는 융통성 없는 사람으로 평가받는 사람이었다. 조화롭게 처신하여 성실하게 일했다. 조사는 엄정하고 심도 있게 하였다. 막연히 느껴 왔던 조사관행과 다르게 진행되는 것 같아 회사는 불안해한다. 상대적으로 잘못 만난 조사반으로 인해 불공평해졌다는 인식을 갖고 자구책을 강구하기 시작해 우리를 힘들고 피곤하게 만들었다. 우리는 내부적으로 결속을 다지며 어떠한 유혹과 압력에도 굴하지 않는다는 의지를 보였다. 특별한 능력이 있는 사람들이 아닌데도 최대의 잠재능력을 발휘할 수 있는 여건을 조성해 목표를 이루는 과정을 보여 주었다. 내부적으로 화제가 되고 칭찬을 받았다. 반장은 우리를 신뢰하고 조사의 과정과 결정을 위임하고 방향만 잡아 주었다.

조사처가 전국적이기 때문에 전국 어디에도 출장을 다녔다. 지방 중심 도시에서부터 지방경제 중심지 그리고 유통과정 확인을 위해 전국 방방곡곡을 누볐다. 힘들고 고달팠지만 상대적으로 자긍심도 느꼈다. 출장지에서 자연히 지역기관과 관련된 시선을 의식하게 된다. 지역경제에 영향력 있는 업체가 대부분이어서 자신이 감시당하고 있는 기분에서 일하고 있다는 것이 행동에 제약을 준다.

반장은 출장지에 가면 식사와 잠자리에 신경을 쓴다. 그리고 객지생활의 방법을 가르쳐 준다. 잠 안 오는 한밤 재래시장 허름한 순댓국 집 간이의자에 앉아 소주잔을 놓고 마음껏 떠들며 낮의 스트레스를 날린다.

일반적으로 세무조사는 조사 목적에 따라 그 방법이 다르지만 초기에는 기장을 유도해 장부의 잘못된 회계처리의 오류, 법적 해석의 착오 또는 범법 행위 등을 적출해 과세했다. 그 후 점점 심도 있는 조사로 사실 행위의 적정 여부 그리고 그 사실 행위가 그대로 장부로 이동되었는지의 여부가 조사의 중점 방향이 되었기 때문에 조사요원은 많은 지식이 필요하게 된다. 다양한 제품과 상품, 상품 원료의 구입과 수불, 제조 공정, 제품 관리 이동, 판매 장부로의 기장, 제반 경비의 적정 지출 여부, 법에 맞는 회계처리… 어느 하나 소홀히 할 수 없는 해박한 지식과 검토 능력, 사명감과 정직성이 요구된다. 한 사람이 모든 것을 다 한다는 것은 한계가 있으므로 반원 서로가 상호 보완하고 반장은 조화롭게 조정하고 지휘하여 최대의 성과를 얻는 것을 목표로 한다. 조사의 궁극적 목표인 탈루된 세액을 찾아내 과세하고 조세정의를 실현하는 데 일익을 담당한다는 자긍심을 갖고 일한다.

조사유감

조사과정에서 탈루되는 소득의 유형으로 가공경비를 계상하거나 매출을 누락시키거나 회사 업무와 무관한, 즉 사적 경비를 회사가 부담하는 등 회사의 이익을 줄이는 행위를 중점 조사한다. 조사자와 피조사자와의 시각 차이가 크다. 대개는 실력을 기른 우수한 인재들인 대기업 종사자들이 다각적으로 연구 검토해 처리한 것을 어설프게 접근했다가는 망신을 당하기 일쑤다. 더욱이 전산화되기 이전 수기 장부와 증빙을 가지고 제한된 인원과 시간으로 방대한 양을 검토한다는 것은 아무리 중점 검토라 하더라도 장님 코끼리 만지기식의 조사일 수밖에 없다. 더욱이 실적이 나오지 않으면 억지를 쓰기도 한다. 부끄럽다.

조사자는 조사에 임할 때 모든 사안에 대해 부정적 시각에서 출발한다. 나쁘게 말하면 탈세를 한 것을 전제로 하여 조사한다. 피차 능수능란하면 조화롭게 풀 수도 있지만 그렇지 못하면 언성이 높아지고 감정적 대립이 생기기도 한다. 부산의 한 업체를 조사할 때 날카로운 경리부장이 모욕적이고 고압적인 조사를 참지 못하겠다고 웃통을 벗어 던지고 폭언을 하기 시작하는데 어이가 없었다. 잘못했다고 사과하고 사태를 수습했지만 끝까지 앙금이 남는다. 상대방의 작전에 말려든 기분이다. 조사방향이 혼란스러웠다.

조사결과에 따라 보복적이거나 타협한 것으로 보일 수 있어 조사원은 신중할 수밖에 없다. 어디에서나 환영하거나 고운 시선을 보내지 않는다. 자연히 동류의식이 강해 내부적 우정이 강하다. 집 떠나 함께 생활하며 애환을 같이하기 때문에 서로의 가슴을 연다. 일종의 전우애 같은 것이 쌓인다.

조사를 하며 가장 당혹스러운 것은 기업주의 도덕 불감증이다. 경제적 부를 가치관의 최우선으로 하는 것은 이해한다. 주위를 의식하지 않고 수단과 방법을 가리지 않으며 자신의 개인 재산만 증식시키는 데 혈안이 되어 있는 것같이 느껴질 때가 있다. 회사는 빈 껍데기로 만들면서 개인적 경비 모두를 회사가 부담하게 하거나 하청업체나 납품업체를 자신의 친인척 명의로 하여 통상가격보다 부풀려 결제하거나 타인일 경우 비자금을 마련하는 창구로 사용하거나 국제거래에 있어 여러 가지 편법을 연구해 해외로 자금을 빼돌리기도 한다.

조사자는 의분으로 객관적인 조사를 진행하기 어려워질 때도 있고 우리의 실력과 주변 상황으로 조사의 한계를 느껴 회의를 느끼는 경우도 많다. 사회적 발전과 제도의 투명성으로 그리고 국민 전체의 의식수준의 제고로 스스로 없어지기를 기대해 본다.

담당 직원의 실수로 잘못 회계처리하거나 기한을 넘기거나 하여 가산세를 부과해야 할 때 고민이 많이 된다. 사주는 무슨 큰 핑곗거리라도 찾은 듯이 자신은 깨끗한데 실무진의 잘못으로 회사가 피해를 입은 양 추징세액의 지극히 일부를 전부인 양하며 책임을 묻겠다고 한다. 어이가 없다. 이럴 때 더욱 세밀하게 조사해 잘못을 희석시키려 노력하게 된다.

회사가 어려워 도산 직전의 기업을 조사할 때 고민은 더 커진다. 여러 가지 어려운 상황은 한꺼번에 밀려온다. 당장의 존폐문제가 발생하니 경영의 무리수가 수없이 많이 따른다. 내부 회계문제, 세법 따위는 문제되지 않는다. 생존을 위해 부당한 방법을 개의치 않는다. 조세 채권을 적기에 확보해야 하는 문제에 봉착한다. 조사에 착수한다. 겉으로 들어나는 것만 해도 담세 능력이 없을 정도다. 사주는 애원한다. 이번의 고비만 넘기면 회생할 수 있다고. 우리는 이러한 사례를 수없이 겪었다. 냉정한 마음으로 기계적으로 처리하려 애쓴다. 정당하게 생존할 수 없는 기업은 빨리 정리되는 게 후일 더 큰 문제점을 안고 무너지는 것보다 사회적 이익이 크다는 생각이다. 이들로부터 듣는 이야기. 피도 눈물도 없는 냉혈한. 두고두고 남의 가슴에 못을 박고 다니는 구제받을 수 없는 세리. 얼마나 잘되는지 두고 보겠다는 악담. 되새기기 힘든 말들을 귓전으로 흘리며 나서기도 한다.

근본적으로 조사자는 납세자와 함께하기 때문에 그들을 이해하고 도와주려는 마음이 근저에 깔려 있다. 법이 정하는 범위에서 그들의 편에 서고 싶다. 과세를 할 수 있는 조항과 근거만 있으면 소득이 있는 곳에는 과세하려는 집착이 있지만 어떻게 비과세할까 빠져나갈 수 있는 방법은 없을까 하고 연구하며 고민할 때도 있다. 개인적으로 과세를 유지할 자신이 없으면 과세를 포기할 수도 있지만 후일 감사에 지적되어 자신에게 불이익 처분이 올까 두려워 또는 납세자에게 어떤 경제적 이익을 챙긴 것 같은 의심을 피하기 위하여 일단 과세했던 일도 있다.

조사실적에 압박받아 무리한 과세가 일어날 수 있다. 조사반의 개별 실적은 평가되어 개인의 신상에 반영된다. 실적이 좋지 않으면 무능한 사람이거나 납세자와 유착 관계가 있어 반사적 이익을 보는 사람으로 보일 수 있다. 자기방어를 위해서라도 무리한 과세가 이루어지는 경향도 있다. 능숙하고 머리 회전이 빠르다고 생각하는 납세자 중에는 후일 조사에 대비하여 일부 신고를 유예하는 사례까지 생겼다. 그리고 자신이 현명하다고 자랑스럽게 이야기한다. 잘못된 조사는 심리적으로 성실신고를 방해할 수도 있다.

특별 세무조사

정기조사 이외의 특별한 사유로 조사하는 경우 보통 특별 세무조사라고 한다. 조사를 기획하는 부서의 철저한 내사를 거쳐 업체의 혐의점 그리고 은닉한 장부 증빙이 있을 법한 장소를 찾아내 조사 행동 계획을 세우고 조사 착수일 많은 조사요원을 동원해 장부 증빙 관계 서류를 보통 임의 제시 형식으로 영치하여 사무실로 갖고 와 조사하는 것이 통상의 예다. 때문에 사업체는 업무가 마비되어 어려워진다. 불편을 최소화하기 위하여 신속하게 분류 분석해 사업에 지장이 없도록 조치를 한다. 하지만 사업자는 곤혹스럽다.

시대에 따라 이런 조사의 유형과 건수가 달라지기도 하지만 조사원은 이런 조사를 기피하고 싶다. 조사자 자신의 의지와 상관없이 조사가 진행되는 경우가 많다. 조사경험으로 보아 어느 정도 조사종결을 예정해도 내사한 혐의점을 명쾌하게 밝히지 못하거나 조사목적에 합당한 조사가 되지 않으면 결재권자는 일일이 간섭하며 보고를 원한다. 그리고 무능하다는 질책과 비웃음의 대상이 되어 자존심을 상하게 한다.

실제 특별 조사 중 기억에 남는 일이 있다. 80년대 초 어느 대기업의 비업무용 재산의 강제 매각을 유도했다. 매각 후 사후관리를 하던 중 편법을 사용해 재매입한 혐의가 있어 이들에 대해 조사를 하여 당초대로 환원토록 하라는 것이다. 내가 배정받은 사항은 이 기업의 창업자 개인 주택이다. 회사 명의로 되어 있고 비업무용이었고 매각대상으로 분류되어 매각하였다. 외형상 문제 될 일이 아니다. 매입한 사람이 종업원이었던 자로서 명의 신탁이라고 하여 이 사실을 확인하라는 지시이다. 철저히 조사했지만 문제점을 밝히지 못해 내 개인적인 상식으로 문제 될 일이 아니라는 전제에 조사를 종결하겠다고 하였다. 문제가 되었다. 모든 조사는 혐의대로 밝혀

져서 당초 목적대로 처리되었는데 나만 정당하다고 고집했다. 계속 조사지시를 받았지만 더 이상 능력이 없으니 다른 조사원에게 재조사를 시키라고 조직원으로서는 하지 않아야 할 언행까지 하였다. 그대로 넘어갔다. 소신 있게 처리한 만족감까지 느꼈다.

그런 후일 그 사업장에서 퇴직했던 그 매입자가 다시 근무하고 있는 것을 목격하는 순간 충격을 받았다. 진실이라고 소신 있게 밀어붙이며 자만에 빠졌던 내가 너무 부끄러웠다. 지나간 나의 일들 중 내가 모르는 이런 일들이 얼마나 많을까.

그런가 하면 오랫동안 몸담고 있는 회사에 대한 불만으로 자신이 처리한 사항들을 탈세로 제보하는 경우도 있었다. 이 사람은 회사에서 퇴직을 전제로 하여 행동했고 뒤에 추징금이 나오면 탈세제보 보상금까지 고려했다. 예에 따라 장부를 영치해 조사하였다. 보통 한 달 이상의 조사기간 중 회사 관계자들이 출입하며 해명하고 확인한다. 자연히 인간적으로 조사원들과 가까워져 가벼운 농담도 한다. 어떤 것은 시인하면 어떤 것은 문제 삼지 않는다는 유도 심문도 한다. 따지면 책잡힐 이야기도 있을 수 있다. 이러한 조사과정 중 조사자의 태도, 대화, 조사과정을 자세하게 열거하며 엄정한 조사를 촉구한다는 투서가 들어온다. 윗사람에게 불려 가 심한 질책을 받고 또 조사에 임한다. 회사 직원 중 우리를 감시하고 있다는 생각에 어느 누구도 순수해 보이지 않고 무서워진다.

조사가 끝나면 뒤처리를 하게 된다. 보통의 조사는 추징되는 과세로 종결되나 굳이 조세범 처벌법으로 처리하기를 강요당하는 경우가 있다. 완강하게 거부하고 싶다. 형평성이 문제가 되는 경우가 많다. 이런 조사 자체에 회의가 들고 실망감이 크다. 너무 특정 목적에 치우치는 경향이 있다. 그리고 깊은 고민에 빠진다. 고발은 한 번도 하지 않은 상태에서 업무를 마무리한 것을 다행스럽게 생각한다.

조사를 어렵게 하는 것들

우수한 사람들이 철저히 자기방어를 하는 곳에서 조사를 하고 증거를 확보해 과세하는 것은 쉽지 않다. 우선 해당 업체에 대한 지식이 부족하다. 조사명령을 받으면 서점에 가서 그 업체의 조사에 필요한 지식에 관한 서적을 구입해 공부한다. 어느 정도 기초 지식이 있어야 엉뚱한 소리를 피한다.

장부 증빙으로 조사한다. 기초 자료는 없고 장부에 있는 증빙만 있다. 그 이전 자료는 없다고 하거나 제시하지 않는다. 그리고 말로만 공방을 벌인다. 장부가 진실이라고 우긴다. 한계를 느낀다. 조사를 받는 사람들은 철저히 훈련된 사람이다. 자기 역할을 잘 알고 대응한다. 조사자 한 사람씩 분담해 자신들의 일을 한다. 대화는 절제되고 계산된 행동을 한다. 듣는 데 치중하고 자기 의견은 피한다. 허점을 보이지 않는다.

조사자들의 신상을 철저히 파악해 대응한다. 출신 지역, 학연, 그리고 집안까지. 우리 사회는 대부분 연결되어 있다. 사적 인연을 앞세워 대화를 부드럽게 이어간다. 직장 선배나 동료였던 사람이 그 회사에 근무하거나 인연을 맺어 조사를 받는 경우도 있다. 어느 사이 같이 일하는 분위기가 되어 조사가 어려워진다.

회사도 힘들어지면 자구책으로 여러 편법을 쓴다. 조사자에게 개별적으로 접근해 그들의 특성을 파악하고 효율적 방법으로 대응한다. 가장 친한 친구나 동료를 동원하거나 경제적 대가를 제시해 혼란스럽게 한다. 여러 명의 조사원 의견을 분산시켜 자신에게 유리하도록 유도한다. 오랜 경험이 있는 조사원들은 슬기롭게 처신한다. 외부 청탁을 한다. 가장 영향력이 큰 사람을 택해 회사의 고충을 설명하고 도움을 요청한다. 우리 사회는 상호 연결고리가 강해 홀로서기가 어렵다. 일방적으로 거절하기가 어렵다.

그러나 이런 행위가 관행화되면 업무의 정상적 집행이 마비될 수 있다. 때문에 제도적으로 통할 수 없도록 내부 통제 장치가 되어 있다. 업무적으로 부당한 지시는 공식화될 수 없다. 청탁의 전달이 여러 번 거치는 과정에서 희석되어 별 영향력 없이 전달되고 오히려 조사자는 더 좋지 않은 감정으로 강도를 높여 조사하는 경우도 있다.

어느 조사에서 조사 책임자인 나에게 어려운 청탁을 했다. 고민하였다. 업체의 부당한 요구에 결연히 대응하리라 결심하고 사주를 면담했다. 계란으로 바위를 치면 어찌 되는지는 아는 사람이라고, 흔적이라도 남기기 위해 흔쾌히 바위를 치겠다고, 지금의 당신

행위가 후일 어떤 평가를 받을지 냉정한 평가를 바란다고. 듣고 있던 사주는 자신의 의도가 잘못 전달된 것이라고 사과하며 없던 일로 해달라고 했다. 정말 능수능란한 처세였다. 사주는 유능한 사업가로 보였고 내 행동은 초라하게만 보였다.

아무리 철저한 조사라 해도 한계가 있다는 것을 절감한다. 어려움이 상존하고 그 어려움을 헤쳐 나갈 수 있는 능력이 부족하며, 주변 상황 그리고 사회적 여건과 통념이 긍정적이지만은 않다. 조사를 마치고 나면 아쉬움과 함께 후회스러움이 남는다. 자기만족과 긍지를 갖고 마무리하고 싶다. 그리고 후일 그 조사를 기억하는 일이 없기를 바라면서.

어려웠던 조사들

조사를 착수하고 진행하여 종결 시행하는 과정마다 힘들고 어려움이 있다. 더욱이 과세 후 우리의 업무가 끝났다고 생각한 뒤에도 납세자의 불복으로 장기간 쟁송 상태에서 법정에 다녀야 하든지 과세에 잘못이 있다고 감사기관에 지적되어 불이익 처분을 받게 되든지 회사가 파산해 그 후 종업원을 만나게 되든지 하면 더더욱 마음이 편치 않다.

일반적으로 조사는 관행을 따른다. 그러나 잘못된 관행으로 생각되어 바로잡고 싶은 의욕이 생길 때가 있다. 절차를 밟아 잘못된 과세를 바로잡는다. 기존의 과세를 뒤집는 결과가 되어 동료들로부터는 잘난 짓 그만하라고 핀잔을 받으며, 납세자로부터는 소급 과세의 불이익 때문에 원망의 대상이 된다.

정치적으로 민감한 업체의 조사는 착수부터 힘들다. 남편은 정치하고 부인은 가업을 이어받아 기업하는 중소기업을 조사했다. 부인은 분노하였다. 보안사에서 시작하여 국세청까지 동원되었느냐, 너희들 같은 권력의 충견들과는 상대하기 싫으며 조사에 응하지 않을 테니 마음대로 하라고 한다. 밖에서는 종업원들이 항의 시위를 한다. 설득의 효과가 없을 것 같아 침묵으로 일을 진행했다. 회의가 들었다. 거래처 조사에 임하니 모두가 정치적 조사라고 생각하고 그들의 의견을 적극적으로 표시하지 않고 원안대로 동의한다. 조사가 끝나고 과세 후에 소송이 제기되었다. 확인서를 제출하였던 거래처에서 일제히 강압에 의해서 써주었다고 증언한다. 과세는 취소되었다. 깊이 자책했다. 이런 종류의 조사는 없어져야 한다는 생각이 떠나지 않는다.

기업은 기복이 심하다. 경영자의 과욕이 화를 자초하거나 경제 여건의 변화를 따라가지 못하거나 무능한 경영 등으로 인해 파산하는 경우가 많다. 애초부터 부도덕하게 개인적 이익만 추구한 의도된 부도도 있다. 사회적 손실이 크다. 이런 부도 부실 업체의 정부 개입이 불가피하게 제기된다. 기업을 살리기 위하여 제3자의 인수 작업이 이루어진다. 경우에 따라 인수 경쟁이 치열해 특혜시비에 말리기도 한다. 부실기업의 경우 어려움을 겪는 과정에서 정상적인 회계가 힘들어 장부가 제대로 되어 있지 않다

이런 기업을 조사하게 되었다. 장부상 상당한 자산이 가공 자산이 되었다. 유출된 금액의 사용처가 불분명하고 밝힐 수 없다. 이에 따른 과세는 그 회사를 인수한 기업의 부담으로 돌아갔다. 인수기업 자체의 문제가 발생하였다. 이 과세에 대하여 윗분의 이해가 필요했다. 담당 국장이 충분하게 설명했는데 이해할 수 없다고 실무자가 직접 설명을 하라고 해서 한 시간 이상 반복 설명을 하였다.

편법으로라도 해결할 수 있는 방법을 요구하는 듯이 감정 표현은 자제하고 답답하다는 듯 표현했다. 현행 법 체계로 방법이 없음을 강조했다. 친구인 담당 사무관이 좋은 방법을 찾아보라고, 결국 문제가 되어도 실무자는 책임을 면할 수 있는 방법이 있으니 고집을 부리지 말라고 한다. 어떤 형태로든 국세청 근무 중 유일한 직접 보고의 기회였는데 좋은 인상을 주지 못했다. 바로 뒤에 법률로 구제 방안을 마련해 법적으로 해결하였다.

경제행위는 국제화되어 조세도 이를 외면할 수 없게 되었다. 초기 이에 대한 과세가 이론적으로 정립되어 가고 있는 과정으로 실제 과세 사례가 많지 않았다. 그러던 중 일본 회사가 출자한 내국법인에게 제품 생산을 시켜 전량 수입해 갔다. 문제는 판매 단가였다. 실비를 제외하고 모든 이익을 일본 본사가 챙겼다. 이때 과세상의 문제가 이전 가격의 과세다. 적정가격을 산정하여 그에 합당한

가격으로 이익을 재산정해 과세하는 방법이다. 전례가 없어 본청의 지도를 받아 과세했다. 뒤에 이전 가격 산정이 부적합하다고 법원에서 패소 판결을 받았다. 이러한 시행착오를 거쳐 국제거래의 과세가 정립 발전되어 가고 있는 모양이다.

조사가 종결되어 시행 과정에서도 문제가 생긴다. 기업의 본사가 화재로 인해 장부가 소실되었다고 하는 업체를 조사했다. 대부분 공장에서 이루어졌기 때문에 조사에는 지장이 없는 것으로 판단되었다. 중요 부분의 증빙의 제시를 요구하면 소실되었다고 주장한다. 그대로 남아 있는 서류로 어렵게 조사해 마무리 지었다. 어떤 이유에서인지 시행을 보류하라고 한다. 상사는 불쾌한 듯 서류를 나에게 주며 보관하라고 한다. 여러 가지 이유가 있었는지 모르겠으나 방법론으로는 부당하였다. 후일 아무도 문제 삼지 않았다.

어떤 특정 목적으로 세무조사를 하였다. 그 후 수사기관의 조사를 받으면서 그 목적을 알았다. 그 조사도 종결하여 별도 지시가 있을 때까지 시행을 보류하라고 하여 보류하던 중 인사이동으로 후임자에게 인계하였다. 뒤에 문제가 되어 알고 보니 시행되지 않았다. 씁쓸하고 공허했다.

이런저런 일들이 조사자를 힘들게 한다.

조사원 생활에 영향을 준 분

국세청 연합 조사반에 발령을 받았다. 사무관 반장 밑에 요원 10명이 배치된다. 보통 특별하고 개성 강한 10명의 반원을 거느리고 전국을 누비며 조사에 임하는 반장은 고뇌가 크다. 일일이 장악하기 어렵고 그렇다고 믿고 그대로 위임할 수도 없고…. 어떻게 슬기롭게 운영하는 것이 효율적이고 인간적인지 고민하지 않을 수 없다.

당시 일부 조사원들은 도덕적으로 해이해져 출장 가서 향응을 제공받기도 하고 금품을 수수해 형사 문제가 되어 꿈이 있는 반장에게는 더 처신의 애로가 많았다. 이럴 때 그들의 개성이 확실했다. 그중에서도 유별나게 개성이 강해 대부분의 반원이 기피하는 반장이 있었다. 나는 그 반에 배치받은 선임자가 되었다. 내 역할이 중요하다는 것을 인식하고 내 처신을 생각했다. 그리고 반원 모두의 의견을 모아 공감대를 형성하는 행동지침을 정했다.

첫 조사에서 실력이 모자란다고 평가받고 다음 조사를 이어가지 못하고 한 달간의 자체 교육을 받는 수모를 겪기도 했다. 다음 조사에서 긴장을 하고 정열적으로 일했다. 회사와 가까워지는 것을 경계하며 언행에 신중했다. 조사사항의 일일복명도 소상히 했다. 반장은 점점 우리를 인정하고 신뢰했다. 그리고 업무를 위임했다. 우리는 기대에 어긋나지 않게 행동을 이어갔다. 업무 관계가 종결된 후일까지 인연을 유지해 사적인 일에 대하여 의논하곤 했다. 그분은 조직으로부터 특별한 인정을 받지 못해 일정한 선에서 물러났다. 내 후일이 예측되는 것 같아 씁쓸하였다.

우리 조사 분야의 조직에서 특별한 분이 있다. 외관 자체가 무섭다. 보통의 사람은 그 앞에 서기만 해도 주눅이 든다. 주위를 압도한다. 업무 지시가 직선적이고 위압적이다. 아랫사람의 상황이나 감정 따위는 개의치 않는다. 다만 업무만 있다. 목표를 향한 추진력과 성취는 타의 추종을 불허한다.

나는 그분의 주위에서만 맴돌다 밑에서 일하게 되었다. 각오를 하였다. 특별한 일이 없어도 밤늦게 퇴근을 못 하게 하고 자신의 퇴근 무렵 확인하고 마무리한다. 직원의 사생활을 없게 한다. 직원의 불만이 많다. 나는 능력은 모자랐지만 일은 성실히 했다. 조사 사항과 주변 상황 그리고 나의 의견을 정직하고 정확하게 보고했다. 그리고 지시를 성실히 이행했다. 나를 잘 보기 시작했다. 그리고 중요한 일을 시키기 시작했다. 상대적으로 고달팠다. 반원들의 불만이 많았다. 잘 설득하여 일했다. 하지만 한 사람은 사표를 냈다.

어느 하루 특수 업무를 지시했다. 예감이 좋지 않아 계선 조직을 무시하고 내가 직접 일을 처리하였다. 후일 그 일로 수사기관에서 각각 조사를 받을 때 우연히 조사실 화장실에서 그분을 마주하며 묘한 미소를 나누었다.

몇 년 후 그분이 지방청장이 되어 그 밑에서 다시 일하게 되었다. 그분이 원하는 일을 주로 하였다. 업무적으로 중간을 배제하고 직접 지시하는 경우도 있었다. 고달프고 힘들고 동료들로부터 소외되는 기분도 들었다. 그러나 인정받고 있다는 자부심도 있었다. 이런 기분에 개인적 충성도 다하였는지 모르겠다. 지금도 건강을 해쳐 가며 일에만 몰두하여 직원에게 호통 쳐 가며 지휘하고 있는 모습을 그려 본다.

두 분 이외에도 납세자와의 슬기로운 처신 그리고 동료와의 조화로운 생활 등을 몸으로 가르쳐 준 많은 분들을 생각한다.

조사자와 부조리

조사자는 여러 형태의 유혹을 받는다. 기업은 자신의 이익을 위하여 수단과 방법을 가리지 않고 유혹한다. 조사자의 약점을 최대한 이용하고 이들이 거절하기 어려운 방법을 택해 접근한다. 조사자들도 오랜 생활에 젖어 어떤 죄의식 없이 잘못하고 있는 경우도 있다. 같이 근무하고 있는 선배가 개탄스러운 듯이 말한다. 옛날에는 조사를 나가면 취급하는 물건이나 얻어다가 동료들과 나누고 남으면 집으로 갖고 갔는데 요사이는 현찰을 받아 조직적으로 배분하니 썩었다고 개탄한다. 어디까지 동의해야 할지 모르지만 늘 괴로워하고 고민한 일 중의 하나다.

조사를 나가면 식사가 문제가 된다. 인근의 매식할 곳이라도 있으면 되는데, 없으면 공장의 구내식당에서 밥을 먹고 식대를 지불하지만 늘 회사와 불편한 관계가 된다. 위선적으로 느낄 때 우리는 회사와 벽이 허물어지는 것 같다. 저녁의 피곤도 풀고 터놓고 이야기도 한다는 명목으로 저녁 술자리를 함께한다. 이것이 확대되어 향응을 제공받고 차비도 받아 든다. 조사를 끝내고 철수하려면 넉넉한 기업의 배려라고 봉투도 못 이기는 척하며 받아 넣는다. 비공식적 비용으로 쓰거나 집의 살림에 보탠다. 이렇게 부조리는 관행화되고 비난을 받는다. 그러나 이것이 꼭 진실은 아니다. 과장되어 있거나 와전의 경우가 더 많다.

이제 내 경험을 진솔하게 이야기하고 싶다. 나는 겁이 많다. 돈을 받으면 들킬 것이 두려워 유혹을 뿌리친다. 자기관리에 최선을 다한다. 조사 중 숨 막힐 것 같은 분위기를 탈출하고 싶다. 쌍방을 심하게 피곤하게 한다. 휴식이 필요하다. 목욕탕에 가서 드러눕고 싶다. 술자리를 갖고 싶다. 회사에서 알아채고 제공한다. 경우에 따라 그냥 응하고 만다. 조사가 끝난 후일 대가성이 없다고 스스로 결론을 내리고 돈을 받은 적도 있다. 위선이요 자기변명이다. 이것은 나의 개인적 행위다. 조사원 전체의 의사와 상관없는 행위이기 때문에 상사와 동료에게 한 번도 배분한 적이 없고 청렴한 사람으로 평가받았다. 상대적 평가로 생각하고 스스로도 인정했다. 가소롭다.

기업은 직접적인 금품의 제공이 아니더라도 솔깃한 이야기로 유혹한다. 신분상의 이익이 되는 방법이라든지 가족의 고민을 같이 해결하자는 등. 그러나 이해관계가 끝나면 모든 이야기는 끝이라는 것을 우리는 잘 안다. 그래서 자기를 지킬 수 있는지도 모른다. 조직은 자기통제 수단을 수없이 강구한다. 감사 기능을 통해 조사 직원을 미행하여 편의를 제공받거나 향응을 제공받는 현장을 적발해 처벌한다. 후에 이해관계가 상반되거나 내분이 있어 세무조사 시 금품이 제공되어 무마되었다는 유의 투서가 수사기관이나 국세청에 들어와 조사를 받거나 자기변명에 급급한 사람을 수없이 많이 본다. 결과에 따라 처벌을 받거나 인사상의 불이익한 처분을 당하는 경우를 보지만 자신의 결백을 입증하는 것이 얼마나 힘든지 스스로 사표를 집어던지는 경우도 본다. 때문에 처신에 신중을 기하며 후일 자기변명을 하기 위한 행동도 하게 된다.

세상사 모두가 그렇지만 잘못된 일은 영구히 갈 수 없다. 어떤 한계에서 어떤 형태로든 끝을 보게 마련이다. 도중하차 없이 명예롭게 마무리 짓는 사람에게 갈채를 보내고 싶다. 대부분의 조사요원이 그렇다. 일부 잘못된 사회인식에 항변하고 싶다.

세무조사와 지하 경제

세무 행정 업무 계획 중 세수 확보 방안으로 음성 세원을 발굴하고 지하 경제를 양성화한다는 항목은 빠지지 않는다. 그리고 구체적 방안을 제시한다. 매년 되풀이되고 실적은 적당히 포장되어 보고된다. 실무자의 입장에서는 사회적 현상으로서의 소득의 은폐 또는 지하화를 행정으로 바로잡는 것은 힘들고 한계가 있다는 생각이 깊다. 매년 범죄와의 전쟁을 선포하고 범죄를 소탕하지만 범죄는 없어지지 않고 더 지능화, 조직화되는 현상을 보듯이 지하 경제도 마찬가지이다.

구체적으로 사채업자를 조사한다. 기업인이 그 기업을 처분하고 그 자금을 운영하고 있는 큰손이 있다는 제보와 정황이 있으면 사전 조사를 하고 조사 계획을 세워 집행한다. 주로 개인 사무실과 주택을 수색해 서류를 영치하고 조사한다. 이들은 증거물을 소홀히 하지 않고 만일을 대비하기 때문에 증빙의 확보가 어렵다. 작은 메모장 하나도 소홀히 할 수 없고 가족의 누구 것도 어떤 종류도 검토 대상이다. 가족과 충돌하고 좋지 않은 감정으로 나오기도 한다. 조사 과정도 힘들고 피곤하다. 그리고 노력에 비해 실적도 만족스럽지 못하다. 조사받은 사람은 결과에 승복하지 않고 공권력을 비판하고 원망한다.

신문 광고란에 수없이 나오는 사채광고를 분석하고 조사 업체를 선정 조사하기도 한다. 그리고 이들로부터 자금을 구하는 어려운 사람을 상대하게 된다. 그런 사람에게 돈을 꿔주고 받아내는 전문가의 냉혹함을 접하면서, 이들의 이자 소득의 극히 일부에 대한 과세가 무슨 의미가 있는지 회의가 들 때가 있다. 조직 폭력배가 관여하기 쉬운 주류 관련업, 유통업, 사행 사업 등 정상적 방법으로 사업의 실익이 없는 것들이 지하로 들어가는 모양이다. 이들에 대한 세무조사로 일정 시점의 소득을 포착해 과세하여도 일시적이어서 근원적 개선이 어렵다고 생각된다.

이제 지하 경제의 개념을 정상 기업의 비정상적 경제 활동에 대한 개념으로 확대해 이들에 대한 엄정한 조사로 정상적 상행위를 하도록 유도하는 데 더 치중해야 할 것 같다. 지하 경제는 법적 제도적 그리고 윤리적으로 허용될 수 없는 것이어서 어느 한 부처가 해결할 수 있는 범위를 넘는 것 같다.

실무자로서는 지하 경제의 척결이 국세청의 과제같이 행정 목표가 되는 것에 회의를 느낀다. 다만 어떠한 소득에도 과세 소득에 대하여 철저히 과세한다는 본연의 임무를 충실히 수행하는 부수적 효과로 지하 경제가 제도화되는 건전한 사회로 전환되는 데 일익을 담당하고 있다는 자부심을 갖고 싶다.

세무조사와 정치

세무행정은 정치와 무관할 수 없다. 조세를 징수하는 기관으로서 최고 통치권자의 통치이념을 반영하는 정치수단의 일부를 담당할 수도 있다. 그런 상황의 일부로서 세무조사가 이용되는 것같이 보일 때 우리는 혼란스러워진다. 간단한 예로 물가가 오르면 물가 단속 업무가 따르고 과외 공부를 하면 세무조사를 하는 등 사회적 문제가 있을 때마다 세무조사로 응징한다는 표현은 우리 조사자들을 불만스럽게 한다.

기업인들도 정치와 밀접한 관계를 갖는다. 정치자금을 후원해 특정 정치세력을 돕고 있다. 직접 정치에 몸담기 위하여 선거를 치르고 정치인이 된다. 이런 기업도 세무조사에 자유로울 수 없다. 조사원도 특별한 의식 없이 하나의 기업으로 조사를 한다. 조사를 받는 측에서는 해당 정치인의 소속에 따라 반응을 달리하는 경우가 많다. 여당 의원의 경우 부당한 대우는 받지 않는다는 여유로움이 있는 반면 야당 의원의 경우 정치적 보복으로 비약하여 대응하는 경우도 있다. 조사자 개개인도 개인적 정치적 의견이 있어 오해를 일으킬 소지가 있는 언행을 삼간다.

조사 중 처리하기 어려운 일 중의 하나가 기업의 자금을 인출해 자신의 선거 비용 등 정치자금으로 사용하는 경우다. 당연한 비용으로 인식하는 경향이 있다. 개인의 비용이 아니고 관행적 정치 자금이니 문제 삼지 말라고 한다. 정치인은 여론에 약하다. 아무리 공무상 취득한 비밀은 외부로 유출되지 않는다고 하지만 어떤 형태로든 외부로 알려질 것을 염려해 설득하면 이해하고 승복한다.

정치인은 그 금전적 후원자가 기업인일 경우가 많다. 기업은 세무조사를 받는다. 그 기업이 세무조사상 애로가 생기면 그 정치인이 발 벗고 나선다. 자신의 영향력을 과시하고 싶기도 한 모양이다. 정치적 입지를 넓히는 수단으로 생각하기도 하는 모양이다. 그러나 정치인의 청탁은 조사자의 조사 결과에 큰 영향을 주지 못한다. 이것은 오랜 관료 생활을 한 실무자가 자기보호의 방법을 체득한 결과인지 모르겠다.

정치적 상황에 따른 세무조사는 조사자를 힘들게 한다. 특히 야당 지원 세력과 관련 있는 기업의 조사는 조사를 받는 입장에서는 정치적 탄압으로 규정하고 대응한다. 어떤 결과에도 승복하지 않고 반발한다. 그리고 정권 바뀌면 가만히 있지 않겠다고 한다. 이런 조사는 힘들고 싫다. 세무조사의 권위를 스스로 실추시킨다. 이런 종류의 조사는 없다고 하지만 조사원 자신도 정치적 사유로 조사한다고 스스로 인정하는 경우가 있을 수 있다. 나는 유독 다른 조사원보다 이런 문제의 조사를 많이 했다고 생각한다.

그런 조사를 많이 하기에 좋은 조건을 갖고 있다고 평가한 모양이다. 특별한 능력이 없어 모든 것을 샅샅이 파헤칠 수 없고 자기중심이 뚜렷하여 부당한 지시를 견딜 수 있는 뚝심이 있고 솔직하여 윗사람에게 정확한 정보를 제공해 판단에 도움을 주고 개인적 야심이 없어 후일을 생각하고 행동하지 않아 가장 마무리를 잘할 사람으로 평가했나 보다. 후일 정권이 바뀌어 어려움이 생겨도 특별한 문제없이 직장을 마무리할 수 있음을 고맙게 생각한다.

조사를 끝내고 생각하는 것

조사를 끝내고 나면 아쉽고 후회스러운 점이 많다. 그러나 여러 가지 이유에서 뒤돌아보기 싫다. 내가 조사한 업체에 대해 뒷말이 있거나 남의 입에 오르내리면 짜증스럽고 날카로워지거나 외면하려 한다. 어떤 잘못이 있어서가 아니라 괜히 그러하다.

우리에게 이런 생각이 깔려 있어 조사가 끝나면 모든 서류를 간결하게 정리한다. 빌미가 될 흔적을 지운다. 조사 복명서부터 조사서까지 완벽하게 정리해 서류를 보완한다. 뒤에 그 서류를 보아도 조사자들이 고생하고 고민한 흔적이 없다. 후에 조사자들도 기억을 더듬기 힘들다. 이런 것은 개선되었으면 좋겠다. 조사 과정 그대로 과세 여부를 떠나 조사 사항 그대로 기록으로 남겨 그 업체의 실상을 보고 다음으로 이어지면 하는 바람이다. 감사, 서면 조사, 차기 조사의 기초 자료로서 충분한 활용가치가 있을 것 같다. 이런 기본적인 것이 기록되어 있지 않으면 고의적 은폐라든지 또는 조사 소홀의 책임을 묻고, 기록되어 있는 것에 대한 조치 결과에 대해서는 고의성을 따지지 않고 인정해야 할 것 같다. 그래야만 투명성이 보장되고 행정의 발전이 있을 것 같다.

실제로 과세하는 과정에서는 고민이 많다. 과세 요건을 충족하기 위한 사실 행위 입증도, 법적 해석과 적용도 명백하지 않을 경우 특히 그러하다. 우리는 징세 기관의 입장이기 때문에 비과세에 인색하다. 또 자신의 능력의 평가 때문에 과세하는 쪽이다. 납세자의 해명이 변명 또는 억지로 들린다. 일단 과세하는 방향으로 가는 경우가 많다.

과세당하는 입장에서는 억울하다. 잘못된 과세는 불복 청구 등의 방법으로 구제받는다. 그러나 납세자의 마음고생은 둘째 치고 경제적 부담이 크다. 불복 청구 금액 중 상당 금액이 변호사 세무사의 수임료, 성공 보수금 등의 명목으로 지출되어 일부분만이 납세자에게 돌아온다. 우리는 이 사실에 깊이 반성해야 한다. 때문에 과세 시부터 현실적이고 제도적인 검토 방법이 강구되어 단순히 요식 행위로서가 아니라 실질적으로 깊이 있게 논의되어야 할 것 같다. 그리고 잘못된 과세는 그 원인을 규명하고 해당자에 대하여 책임을 지게 하는 방안도 연구되어야 할 과제인 것 같다.

세무조사는 주변 환경의 변화에 대응해야 한다. 이제 사회 모든 분야가 전산화가 되어 이를 피하고는 생활이 어렵다. 유통 질서, 자금 흐름, 물량 이동, 사람의 행동과 대화가 모두가 기록으로 남는다. 그리고 투명하다. 이런 것을 전제로 하는 세무조사가 이루어질 것이다.

현장에 나가지 않고 사무실에서 원격으로 상대방의 컴퓨터에 수록된 것을 확인 검토하는 조사로 될 날이 멀지 않은 것 같다. 우리 시절의 이런 이야기는 그냥 실무자의 단순한 투정으로 들릴 날도 멀지 않은 것 같은 생각이 든다.

조사 업무를 떠나다

세무서, 지방청, 국세청, 연합 조사반 그리고 서울, 대전, 중부 지방 국세청 조사관을 거치면서 20년 가까이 조사 업무를 충실히 하였다.

80년대 후반부터 사회적으로 큰 변화의 물결이 일었다. 민주화의 바람과 함께 과거의 일들이 재평가되기 시작하면서 여러 이야기가 나왔다. 그중 하나가 내가 조사한 부분에 대한 문제였다. 떳떳이 대응했지만 마음은 편치 않았다.

이러한 때 공무원 표창이 있다. 대부분 표창을 필요로 하는 사람이 능력 있고 힘 있는 자리에서 상사의 인정을 받고 그에 상응하는 표창을 받아 왔다. 국장이 적극적으로 나선다. 무공훈장은 전장에서 혁혁한 공을 세운 사람의 몫이다. 우리도 야전군 일선 소대장격인 조사기관의 조사반장이 객관적 평가를 받아 그에 합당한 표창을 받아야 한다고 강력히 추천한다. 절차를 거쳐 받을 수 있는 최고의 훈장을 받았다. 그리고 평생 기억과 긍지를 함께 소중히 간직하였다.

여러 측면에서의 압박이 나를 힘들게 한다. 이제 조사 업무에서 손을 떼야 할 때인 모양이다. 능력의 한계를 느낀 적은 있지만 스스로 업무 집행의 자긍심을 느껴 계속 나만이 할 수 있는 것처럼 자기 최면에 빠져 있었던 것 같다. 내 의사를 표시했다. 그리고 자연스럽게 받아들여졌다. 아무런 상처도 없이 긍지와 보람을 느꼈다. 그리고 개인적 감회와 소감에 젖으며 조사 업무를 떠난다.

세무조사는 주변의 여건과 상황에 따라 변화한다. 납세자 의식의 변화와 회계 처리의 수단과 방법이 변화 발전되면서 조사 방법이 변화하고 있다. 조사자의 기억과 직관이 최우선으로 작용하던 시대는 가고 전산 조작의 방법이 가장 큰 수단이 되었다. 따라서 오랜 경륜으로 은폐된 소득을 적출하던 오랜 경험의 직원에서 머리 회전이 빠른 감각적인 직원으로 주도권이 넘어가고 있다. 이제 모든 일들이 혼자 이루어질 수 없기 때문에 원천적 은폐는 힘들게 되었다.

종횡으로 검토하면 투명해질 수밖에 없다. 조사자 개개인이 개인적 의사로 조사 사항을 덮기는 힘들다. 내부적 조직도 일방적 부당한 지시에 따라 일을 처리할 수 없게 되었다. 특수 목적의 특별 조사도 대폭 축소되고 공명성 있고 공감할 수 있는 범위에서 집행될 것이다. 조사의 투명성과 건전성이 보장되고 있는 세정. 우리의 오랜 바람이다. 박수를 보내고 싶다. 조사요원 모두의 건투를 빈다.

지방 국세청 근무와 떠남

법인세 업무

국세청은 그 계선 조직으로 지방 국세청과 그 밑에 세무서를 두고 있다. 서울, 중부, 대전, 대구, 광주, 부산 6개의 지방청이 있다. 주로 그 지역을 관할하였으나 서울, 중부만이 서울, 경기, 인천, 강원을 두고 여러 번 관할을 조정했다. 내가 서울 청에 발령받을 때는 서울의 서부 지역과 경기도 인천을 관할했다.

업무는 소관 세목에 대하여 일선 세무서의 업무를 지도 감독하며 각종 통계를 수집 분석 평가해 본청에 보고하고 그 지휘를 받는 것이다. 또 부과권이 있어 직접 표본 조사를 하여 과세하고 조사지침을 작성해 활용케 한다. 연초에 발령을 받고 일을 시작하니 업무가 미숙해 시키는 일을 하기에 바빴다. 제일 큰일이 본청으로부터 배정받은 세수의 일선 배정이었다. 국가예산이 편성 확정되면 내국세징수 규모에 따라 세목별로 각 세무서에 배분된다. 가장 합리적 예측방법으로 세무서가 납득할 수 있도록 한다.

원천제세가 가장 세수 비중이 컸지만 고정적인 측면이 많아 변화의 진폭이 크지 않았다. 수없는 철야 작업으로 확정하고 절차를 밟아 일선 세무서에 시달한다. 상황의 변화로 하반기에 수정 작업을 해야 한다. 목표는 노력을 수반하면 달성 가능한 것이어야 하기 때문이다.

원천징수 제도는 국가의 징세권의 일부를 납세자에게 위임한 법률조항으로 이행하지 않을 때 가산세를 부과해 규제한다. 종류에 따라 일반원천징수, 법정원천징수, 지정원천징수로 분류해 집행한다. 세수의 비중은 크나 단순한 업무이고 납세자도 자신의 세금으로 생각하지 않아 무겁게 느끼지 아니한다.

지방청 법인세과는 조직 자체가 비중이 있기 때문에 직원의 선호도가 높은 보직이다. 때문에 경합이 심하다. 관리자들은 진급 전 단계의 중요 보직이다. 따라서 열정을 다해 일하는 태도를 배울 수 있다. 거기까지 온 사람의 우수함과 성실함 그리고 능력을 한눈에 보는 것 같다. 전적으로 공감은 할 수 없어도 그들의 처세하는 방법과 태도는 배울 부분이 많다는 것을 느꼈다.

해가 바뀐다. 인사이동이 된다. 윗사람이 승진하고 새로운 사람이 실세가 되어 온다. 직원들도 자신의 이해관계에 따라 움직인다.

나는 뚜렷한 목적이 없고 현재에 불만이 없어 현상에 만족하였다. 그리고 타성에 익숙하였다.

조직의 필요에 의해 법인세 업무를 계속하다

국세행정의 발전은 시대적 요구와 선진문화의 도입 등의 이유로 그 기반을 정비해 법과 제도를 만들어 시행한다. 꾸준히 발전해 왔지만 그중 신고 납부제, 종합소득세 전면 실시와 함께 부가가치세제의 도입을 말할 수 있다. 여러 가지 이론적 쟁점이 있었지만 팽창되어 가는 예산의 조달을 위하여 간접세인 부가가치세의 도입은 불가피했나 보다.

행정은 변화에 적극적이지 못하다. 자연히 힘들고 괴로웠다. 이런 중요 시점에 전 단계로 원천징수제도의 확대 실시가 이루어졌다. 제조 도매 전 사업자를 지정원천징수의무자로 지정하고 기구도 원천제세 과를 신설 운영하였다.

인사의 쇄신이 절실히 요구되던 시기에 일선 업무의 중추적 역할을 하는 계장을 분야별 시험을 쳐 중요도 순위에 따라 발령하는 획기적 제도를 첫 시행했다. 이러한 때 나는 윗분의 요구에 의해 계장이 될 기회를 포기하고 윗분을 충실히 보좌하기로 결정하고 열심히 일했다. 본청의 지침에 따라 청의 실정에 맞는 구체적 방안을 만들어 독려하며 경쟁을 유도했다. 시행착오도 생기고 직원을 괴롭히는 것같이 보이기도 하였다. 일선의 불만 표적이 되기도 하였다. 개의치 않고 소신이라고 생각하고 열심히 일했다.

업무 중 다른 하나는 대표자 급여 현실화 작업이다. 거의 사주가 법인의 대표자인 시절이다. 기업의 경비와 사주의 개인 경비가 혼용되는 사례가 많았다. 월급은 적게 받아 근로소득세는 적게 내면서 개인 생활은 호화롭게 하는 예가 많았다. 따라서 세정이 적극적으로 개입하여 월급을 현실화하도록 독려했다. 이 작업은 꾸준히 하여 의식의 전환을 유도하였다.

다음 해 국장이 새로 부임했다. 시내 세무서장 재임 시 지방청 직원의 업무 태도를 곱지 않은 시선으로 본 모양이다. 더구나 터줏대감처럼 장기 근무하면서 거들먹거리고 있는 모습이 더 못마땅했는지 일정 기간 근무한 사람은 무조건 전출 대상이라고 원칙을 정한다.

속으로 섭섭하였다. 자신들의 편의에 따라 희생을 요구했다가 여건의 변화로 알아서 나가라는 식의 처우에 불만스러웠다. 조직의 생리에 익숙해져 있는 나는 아무 의사 표시 없이 순응했다. 새로운 보직을 경험하는 것도 앞으로 많은 도움이 될 것이라는 확신에서였다. 그래서 내 의사와 관계없는 보직을 받고도 불만 없이 근무했다.

소득세 업무를 담당하게 되었다. 처음 접하는 업무라 신중하게 접근했다. 어설프게 알고 돌출행동을 할 수도 있다는 생각을 하면서 업무를 처리했다. 본청의 지시를 우리 청의 실정에 맞게 집행한다. 주된 업무 내용은 개인 사업자의 소득세 업무와 부가가치세를 내지 않는 사업자 즉 면세사업자의 세원 관리이다.

5월의 소득세 확정 신고 업무가 가장 바쁘고 중요하다. 성실신고를 유도하기 위하여 여러 방법을 강구한다. 그중 하나가 일정 규모 이상의 사업자에게 기장을 유도하고 일정 비율 이상 신고한 사업자에게 조사를 면제해 준다는 약속이다. 사전에 내부 지침으로 시달해 납세자에게 강요하는 형태로 보일 수도 있지만 당시로서는 합리적이라고 생각되었다. 조사권의 남용도 방지할 수 있는 세정 선진화의 과정으로 생각했다.

또 다른 중요 업무는 면세 사업자의 수입 금액 신고 업무다. 주로 의사, 변호사, 회계사, 세무사 등 전문 자유직업자들이다. 이들은 교육 수준이 높고 사회 지도층으로 여론을 주도한다. 그리고 어떤 구체적 증거를 제시해야 납득하는 경향이 있다. 일일이 세무조사로 수입금액을 파악한다는 것은 어렵고 행정의 소모가 너무 컸다. 그리고 과세 관행에 익숙해져 있어 여건과 상황의 변화에 거부감을 갖는다.

본청에서는 오랫동안 이 문제 해결을 위하여 해당 협회와 비공식적 의견을 조율해 협의했다. 변호사의 경우 개인별 수임건수를 제시받아 소송 종류별로 분류하고 그 변호사의 능력을 감안해 수입 금액을 추계하여 신고 권장 금액으로 활용했다. 합리적이기는 했지만 일종의 협의 과세 같은 인상과 시대적 흐름에 역행한다는 이유로 얼마 가지 않아 폐지되었다. 그러나 그 방법에 따라 어느 정도의 공평 과세는 유도되었고 동업자들의 상대적 불만도 적어졌다고 생각되었다.

의사들에게는 병과별, 지역별 의료보험 비율을 정해 수입 금액의 신고를 유도하였다. 초기 보험 비율이 높지 않음을 감안하여 되도록 공평성이 유지되도록 정하였으나 보험 비율을 보는 국세청의 시각이 현실적이지 못하다고 항변하기도 하였다.

획일적이지 않고 탄력 있게 운영했다. 이 모든 업무는 본청 담당 국장의 소신 있는 업무 추진력의 결과라고 생각한다.

감사관

업무의 잘못을 바로잡거나 비리를 척결하기 위하여 자체 감사 기능이 중요하다. 이런 자체 감사 기능의 하급기관이 지방청 감사관이다. 감사관실은 감사계와 감찰계가 구분되어 업무를 집행한다.

지방청 감사관으로 보임을 받았다. 감사계는 정기 업무 감사를 한다. 상급기관의 감사 대상에서 제외된 관할 세무서에 대해 순서를 정해 감사한다. 감사 종사 직원은 해당 분야의 해박한 지식과 경험을 갖고 있는 직원으로 구성되고 내부적으로는 전문직 같은 대우를 받는다. 잘못된 업무가 바로 시정되지 않을 경우 그대로 확정되므로 철저히 바로잡으려고 노력한다. 그리고 적출 실적에 따라 직원의 능력을 평가한다. 때문에 무리한 감사가 되어 피감사자와 갈등 관계에 있기도 한다.

잘못된 경우 납세자에 대한 신뢰도 문제려니와 감사의 권위가 훼손되어 신중을 기한다. 감사 결과에 따라 시정 조치를 하고 관련자를 처벌한다. 감사자들은 적출에는 열정적이지만 처벌에는 관대한 경향이 있다. 처벌에 대한 양정 규정을 만들어 규정대로 처벌을 유도하지만 고의성이 없다거나 업무의 미숙을 들어 경감 처벌을 주장한다. 너무 강경하게 규정을 주장하면 동료 직원의 신상 문제로 고민해 본연의 업무에 지장을 초래할 우려가 있어 조화를 이루어 집행할 수밖에 없다.

감찰계는 직원의 비리를 적발해 처벌하는 조직이다. 종사 직원들은 세법에 대한 지식보다 예리한 관찰력과 정보 수집 능력 등이 필요하다. 때문에 일반 직원으로부터 경원당해 그들만이 결속하여 업무를 집행하는 경향이 있다. 장기 근무가 불가피해진다. 내부 비위 정보를 수집하고 납세자와 접촉해 여론을 수집하고 직원을 미행하여 부정 현장을 적발해 처벌하거나 상급기관의 지시를 받아 다양한 업무를 수행한다.

금품 수수 경향이 큰 명절 때나 신고 기간 중 본청 감찰의 지휘 아래 전국을 상호 교차해 감찰한다. 정신교육을 철저히 해도 매번 일정 수가 적발이 되는 이유를 모르겠다. 적발과 처벌만으로 부정은 없어지는 것이 아니라는 생각이 든다. 사회적 여건과 제도적 보완과 공무원 윤리 의식이 함께할 때만이 부정이 없어질 것 같은 생각이 든다.

관리자의 여론도 수집한다. 도저히 공직을 수행할 자질과 능력이 없거나 결정적 결함이 있으면 사직을 종용한다. 신분 보장의 공무원 사회에서 받아들이기 어려운 조치다. 나만이 이러한 조치를 받는 데 대한 불만에, 여러 이유를 들어 응하지 않는다. 구체적 비위를 캐기 위하여 주변으로 확대해 조사한다. 결국 물러나면서 주변까지 피해를 입히는 경우를 본다. 우리는 당사자의 태도를 탓하는 경향이 있다. 스스로 한계에 왔다고 판단되면 순응하는 것도 조직원의 태도라고. 이런 견해는 이 업무를 담당하는 사람의 말이고 당사자는 항변하고 싶은 말이 많고 사연도 많다는 것을 알고 있다.

정당한 업무, 누가 해도 해야 할 업무이지만 동료를 처벌한다는 것은 정신적 고뇌가 너무 크다. 잠 못 이루는 밤이 많았다.

총무과장

일선 세무서의 총무과장은 선호도가 낮은 보직이다. 직제상 수석 과장이고 인사, 예산 집행, 징세 관리 등 다양한 업무를 관장하지만 조직 내부의 일로 납세자와 직접 접촉을 하는 경우는 드물다. 직원들도 자신의 희망 보직을 가기 위한 대기 보직으로 생각하고 업무를 한다.

한때 인사 편의상 업무에 소극적이고 관록으로 자신을 과시하고 있는 고참 사무관을 불만 없이 보직하는 방편으로 내부적으로 부서장이라고 하였지만 아무도 이 명칭을 사용한 적이 없다. 나는 이런 세무서 총무과장을 연속해 세 번 보직을 받았다. 나름대로의 이유가 있었지만 나의 위치를 확인하는 것 같아 씁쓸하였다.

시범 세무서 제도를 운영했다. 우리가 목표로 하는 세무서의 모습으로 가기 위하여 구성원을 엄선하여 납세자 편의 세무서를 지정 운영했다. 뒤에 전시 행정의 표본 같아 유명무실했지만 나는 이런 시범 세무서의 총무과장을 거쳐 수도권 세무서 그리고 서울 강남의 신설 세무서 총무과장이 되었다. 신설 세무서 총무과장은 일이 많았다. 청사의 마련, 직원의 구성, 모든 서류의 인수 등을 서장을 보필하여 선두에서 일했다. 그리고 신설 첫해에는 모든 직원이 고생이 많았다. 임대 청사에서 자체 청사를 준비해 공사하던 중 나는 다른 보직을 받았다.

남들은 내가 좋은 보직만 골라 다닌 것같이 아는데, 이런 인사가 있었다는 사실을 아는 사람은 별로 없다. 그리고 당시 인사권자는 이런 인사를 당연시하였고 나에 대한 배려라고 생각하기도 했다. 마지막 총무과장은 지방청 총무과장이다. 현재의 직제로 일선 세무서장을 거친 고참 서기관의 보직이지만 당시에도 사무관 중 가장 중요한 보직 중 하나다. 지방청장을 지근거리에서 보필하고 있는 관계로 지방 청장의 최측근같이 보여 모두 가볍게 대하지 않는다. 할 만한 자리였다.

그러나 주위를 의식하지 않을 수 없다. 당시 나는 청장과 인연이 없었다. 그분은 합리적이고 언행에 신중하였으며 다정다감해 직원의 존경을 받았다. 당시 지방색이 많은 작용을 하던 때 호남 분으로서 유일하게 주요 보직을 두루 거치면서 스스로는 호남의 대표주자라는 인식을 주지 않으려는 것 같았다. 지시를 받고 업무를 집행하며 존경심을 더했다.

지방청 내 인사는 청장의 권한이다. 정기 인사를 했다. 본청 인사 지침에 따라 자체 인사 기준을 만들어 그 기준에 따르는 인사를 하려 애썼다. 인사에는 청탁이 많다. 나름대로 희망 보직을 위하여 동원할 수 있는 모든 방법을 동원하여 청탁한다. 메모지가 쌓인다. 청장은 실무 책임자인 나에게 구두 지시나 메모지 전달을 하나도 하지 않는다. 심지어 청 내 주요 보직인 인사계장도 총무과장과 일을 할 사람이니 직접 선발하라고 위임한다. 어려워지고 중압감을 느꼈다. 객관성 있고 합리적인 인사를 위해 실무진과 머리를 맞대고 고민하며 밤새워 일했다. 이번 인사에 대해 모든 책임을 지겠다는 각오를 했다. 아무리 잘한 인사라도 후유증이 있고 뒷말이 있다. 밤새워 하는 수작업이어서 실무자의 실수도 있었다. 모든 것을 자신이 감당하기로 하고 적극적 방어와 해명으로 후유증을 최소화하였다.

그 후 경인 지방 국세청이 신설 분리되면서 신설에 부수되는 업무를 도왔다. 연말 불용예산을 전용해 청사를 증축하고 국정 감사 수감 준비를 하여 차질 없이 받았다. 짧은 재임 기간에 많은 일을 하며 보람을 느꼈다. 반듯한 생각으로 바르게 처신하는 청장의 든든한 후원이 있기에 가능했는지 모르겠다. 지금도 그분을 마음속으로 생각하며 그리워한다.

세정의 과학화

국세청을 발족하고 세정의 틀을 잡아 가면서 그 규모가 커지기 시작하였다. 외형적으로 내국세 목표를 700억으로 잡고 청장 차량 번호 전화번호 등 숫자로 표시되는 모든 것을 700으로 하여 나라 살림의 재원 목표를 뚜렷이 했다.

모든 세원을 발굴하고 공평 과세를 지향하였기에 근거 과세의 기틀을 확보하기에 여념이 없었다. 납세자에게 여러 가지 의무를 지워 과세의 근거로 삼고자 하였다. 자연히 행정의 규모가 기하급수적으로 팽창하게 되어 행정 처리를 기계화하지 않을 수 없었다. 국세청은 일찍이 이에 착안해 행정의 전산화를 추진했다. 기획관리실에 기계화계를 두어 소수 정예의 인원을 선발하고 미국에 가서 컴퓨터 교육을 시켜 이를 세무행정 업무에 접목시키는 일에 심혈을 기울였다. 추가로 인원을 선발해 교육을 시켜 키스트 컴퓨터를 이용하여 세정의 전산화를 시험 운영했다. 이 과정에 나도 합류하였다. 교육 과정에서 적성이 맞지 않는다는 것을 느꼈다. 능력도 따라가지 못했다. 업무가 세분되면서 행정 지원 분야를 선택했다. 각종 소모품 비품의 수입과 관리, 직원의 선발 관리, 예산의 집행 등 일반 행정업무의 보조 역할을 하였다.

정식으로 컴퓨터를 도입한 뒤 원활한 업무 수행을 위한 떡 벌어진 고사 준비도 내 업무였다. 헤벌어진 돼지 입에 돈 끼워 놓고 막걸리 부어 놓고 첨단 과학인 대형 컴퓨터 앞에서 절하고 있는 모습이 머릿속에서 지워지지 않는다. 직원들은 열심히 연구하고 시험 운영하며 시행착오를 최소화하여 정착시키는 데 기여했다. 이들은 대부분 남의 간섭을 싫어하며 자신만의 일만 묵묵히 하며 자기의 세계를 구축하여 그 속에 안주하는 사람같이 보였다. 때문에 업무 협조 과정에서 가끔 불협화음이 일어나기도 한다. 대충이 없고 융통성이 없어 보이기도 한다.

짧은 기간에 꾸준히 발전해 전산실 건물도 신축하고 컴퓨터도 당시 큰 용량의 것을 도입하였고 관련 인원도 확보해 세정 과학화의 기틀을 잡았다. 이것은 윗분의 흔들림 없는 신념의 결과였다고 할 수도 있다. 나도 세정의 과학화에 밑거름이 되었다는 것이 국세청 경력의 자부심을 갖는 부분 중의 하나이다.

나는 서울로 상경하는 방편으로 전산실 근무를 한 것 같은 미안한 생각도 들었지만 본연의 행정에 복귀할 의사를 상급자에게 표시하였다. 윗분도 때가 되면 세무서로 보내 주겠다고 약속하고 조직이 흔들릴까 봐 전 직원을 동결해야 된다는 이유로 여러 번의 기회를 놓치다 세무서로 발령을 받았다.

세무행정의 PC시대

세무행정 업무가 시대의 발전에 따라 발전을 거듭하고 있다. 컴퓨터의 발전으로 PC가 보편화되면서 세무행정도 일대 변혁을 겪게 된다. 통합 전산망 체계로 개개인에게 PC를 제공해 업무를 처리한다.

내가 처음 업무를 할 때 주산은 개인 필수품이었다. 뒤에 각종 계산기의 발달로 이를 이용하다가 이제 각 개인이 컴퓨터로 일한다고 하니 상상의 시대에 들어선 기분이다.

본청 전산실에서 주관하여 전문 회사에 용역을 주고 업무 분석을 거쳐 프로그램을 만들어 시험 운영하고 있다. 이제 통합 시스템을 구축해 본격적 시행을 목전에 둔 단계다. 주관과인 각 지방청의 전산 담당관실의 중요성이 인식되었다. 나는 전산실 발족 당시 창설

멤버로 참여는 했지만 컴퓨터에 대해서는 전문가가 아니다. 때문에 이런 업무는 나와 상관이 없는 일이라고 생각했는데 예상외의 발령을 받았다. 당황하고 불만스럽다. 얼마 남지 않은 조직생활의 마지막 봉사 기회로 받아들이기로 마음을 정하고 최선을 다하여 업무를 수행했다. 직원들의 업무집행을 위한 교육이 필수였고 이들의 수준을 일정 수준까지 올리기 위하여 각종 자격시험을 쳐서 PC에 익숙케 했다. 나이 많은 직원은 따라가는 데 힘들어하며 불만을 토로하면서 부정적 시각을 보였다.

이제 세무행정은 PC의 시대다. 모든 정보가 컴퓨터에 들어 있어 업무를 집행한다. 인간의 기억을 더듬어 일을 처리하던 시대는 지나갔다. 개인의 경제 행위 모두가 컴퓨터에 있다. 재산의 변동 사항, 금융 거래, 모든 물류의 거래 등 어느 하나 숨기기 어렵게 되었다. 이러한 환경의 변화는 성실신고를 기피할 수 없게 하였다.

개인 정보 보호 문제가 필수적 문제로 된다. 자신의 개인 정보가 모두 노출되는 현상이 발생할 수 있다. 어떤 형태의 유출도 막아야 한다. 자료의 열람은 소정의 절차를 밟게 하고 업무 목적에 한정케 하였다. 보안 문제를 중요하게 다루어 목적 외 사용에 강한 처벌 조항을 만들었다. 가끔 가까운 친지들로부터 개인의 이해관계로 특정인의 재산 상태를 알아 달라고 부탁이 오는 경우가 있다. 할 수 없음을 설명하고 이해시키는 데 힘들 때도 많다.

이제 우리는 컴퓨터에 예속되어 살고 있는지 모르겠다. 어디를

가나 CCTV가 우리를 감시하고 휴대전화에 위치추적까지 당한다. 문명이 우리를 속박하고 있는 시대의 자유인은 누구인가.

국세청에서의 마지막 보직 세무서장

호남권, 충청권, 수도권에서 네 번의 서장을 하였다. 세무행정을 조화롭게 조정하면서 소리 없이 조용히 징세 업무를 집행하는 것을 최대의 목표로 삼았다. 이제 나에게는 어떤 욕망도 욕심도 없다. 조직에 들어와 성공적으로 처신했다고 스스로 자위하고 만족해한다.

직원들의 업무 집행에 애로가 없도록 최대한 도우려고 노력했다. 그들 스스로도 관행적으로 업무를 집행하는 데 익숙해져 있다. 그리고 그 지역의 정보는 나보다 훨씬 많이 알고 있기 때문에 단편적으로 어설프게 알고 결정을 내리면 잘못될 수 있다는 것을 잘 알고 신중하게 일을 처리했다. 중간 관리자에게 위임 사항은 간섭하지 않고 나의 결정도 자문을 구해 처리했다.

가장 역점을 둔 업무는 영세 사업자의 자율적 성실신고 유도다. 잘못된 지도는 강요가 되거나 방치가 될 수 있기 때문에 조화를 이루기 어렵지만 되도록이면 세무 간섭을 배제하는 쪽을 택했다. 예를 들면 지방의 유명 음식점이다. 그들은 최선을 다하여 손님을 모신다. 손님들은 만족해 또 찾아간다. 일반적으로 세금이 현실화되지 않았다고 투서가 들어오거나 세원 개발 자료가 통보되어 온다.

현장을 가보면 시장 골목의 국밥집, 관광지의 유명식당 등으로 장기간 대를 이어가며 성실히 명성을 이어온 집이다. 배고픈 사람에게 푸짐하게 먹여 준다든지 맛깔스러운 음식으로 고장의 명예를 높이고 있다. 그 업체에 대하여 충분한 해명의 기회를 주고 그들의 입장에서 결정한다. 그것보다 더 많은 세금이 탈루되고 있는데 이런 것에 지나치게 엄정한 것 자체가 형평성에 어긋난다고 생각했다.

지방에 근무하면 그 지방의 유력한 사람과 가깝게 된다. 그들은 사업체를 운영하여 부도 함께 누린다. 그리고 각 기관과 유대를 갖고 여론을 형성하기도 한다. 이런 사람과 술자리가 빈번해지든지 골프를 치며 어울리든지 하면 봉투도 두고 간다. 이런 사람들과 어느 선에서 어울림을 가져야 하는지 판단하기 어렵다. 어떻게 처신해야 하는지 선배들로부터 많은 조언을 들었다. 나는 사업자의 특성을 잘 안다고 생각한다. 그들이 헛돈은 쓰지 않는다는 속성을 알고 있기 때문에 그들로부터 받는 어떤 형태의 경제적 이익도 변명의 여지가 없다는 사고를 바탕으로 하여 처신했다.

서장의 업무 평가는 기관의 심사 분석으로 한다. 각종 요인별로 점수화하고 그 점수로 전국 순위를 정해 평가한다. 내가 초임으로 간 세무서는 그 전년도 전국 일등을 하였다. 은근히 부담스러웠다. 열심히 하였지만 다음의 평가에서 30위 이상을 내려앉아 하향 순위 일등이었다. 지방 청장의 심한 질책을 받았다.

자신의 몸가짐을 바람직하게 한다고 모든 직원으로부터 호의적인 평가를 받는 것은 아닌 모양이다. 원칙을 강조하다 보니 융통성이 없어 업무 집행에 애로가 많다고 하기도 한다. 나의 진심을 왜곡해서 나를 헐뜯기도 하는 모양이다. 어떤 처신이 가장 합리적이고 현명한지 판단이 서지 않는다. 나는 나의 방식대로 살아가야 하는 모양이다. 더 이상 나를 포장하지 말고 있는 그대로를 보여 주며 고달프지만 만족한 하루하루를 보내자.

세무인의 생각과 느낌

승진과 전보

어떤 조직에서든지 일하고 싶은 분야와 장소가 있다. 그런 곳은 나만 선호하는 것이 아니고 대부분의 사람이 선호하기 때문에 경쟁이 생긴다. 그 경쟁의 해결은 공정하고 투명해야 조직이 활기 있고 건강하게 운영된다.

조직의 특성 중 하나는 위계질서에 의한 공동 목표의 효율적 달성이다. 조직원들은 같은 시기에 출발하여 세월이 흐르면서 자신의 위치를 비교하며 만족감을 느끼거나 실망해 조직을 이탈하기도 한다. 국세청도 마찬가지이다. 자신이 근무하고 싶은 지역의 쏠림 현상이 심하다. 대부분 대도시를 선호하고 특히 서울을 희망했다. 전국적 조직인 국세청은 나름대로 원칙을 정해 배치하여 불만의 소지를 줄였다. 부서 배치에도 쏠림 현상이 심했다. 자신의 현재 위치가 자신의 순위 같은 생각이 들 정도다. 패자는 경쟁이 불공정하다고 항변한다. 인사철만 되면 정보를 수집하여 청탁과 줄서기에 바쁘다. 관리자들은 활력 있게 움직이며 제철을 만난 듯하다. 젊은 혈기로 보면 매관매직이 따로 없는 것 같다.

도가 지나치면 어떤 형태로든 개혁이 오지 않을 수 없다. 순환 보직, 일정한 자격을 갖춘 사람의 우대 등 객관적이고 합리적인 방안으로 인사 원칙이 이루어져 시행된다. 그러나 조직은 사람으로 구성해 일을 하기 때문에 호흡이 맞는 사람끼리 모이게 된다. 인맥이 형성된다. 인사는 완벽을 기대하기 어렵다. 승진도 마찬가지다. 공직 사회와 같은 계선 조직에서는 승진은 자신의 생존 문제와도 결부될 정도다. 어제의 동료나 부하였던 사람으로부터 지시받으며 질책당하며 일을 한다는 것은 견디기 어렵다. 때문에 승진의 원칙과 집행은 공정하게 이루어져야 조직이 산다.

그러나 현실은 그렇게 보이지 않을 때가 많다. 정의감의 표현이 강해 상사의 부당한 지시에 공개적으로 반발하거나 상사의 눈 밖에 난 사람은 근무평점을 잘 받을 수 없어 승진에서 탈락한다. 이들은 조직이 썩었다고 불평하며 점점 더 승진과 거리를 둔다. 나의 경우는 늘 약자의 범주에 있었지만 개선 개혁의 시기를 알맞게 편승하는 행운을 누렸다. 조직의 혁신을 주도하고 있는 청장이 이 분야도 그대로 두지 않았다. 기관장의 자의성이 강하게 작용하는 근무평점을 요건을 정하여 요건대로 평점하고 승진후보자 명부 순서에 따라 순위대로 승진시켰다. 관리자를 불신하고 고유 권한을 박탈한 결과였다.

나에게는 행운이었다. 도저히 불가능해 보였던 승진이 남들보다 빨리 되었다. 주사로 승진하여 실무자로서 일의 중심에 서게 되었다. 사무관 승진도 마찬가지였다. 당시 사무관은 총무처의 주관 시험을 거쳐 대통령이 임명하는 별도의 요식 행위를 거쳤다. 공직 사회에서 관리자로 진입하는 권위의 표시같이 생각되었다. 추천 배수에 들어야 응시할 자격이 주어 졌다. 이때 청장은 직제를 확대 개편해 사무관 수를 늘리고 국세청 연합 조사반원에게 근무평점을 우수하게 주어 응시 자격을 주었다. 시험에 합격하여 남들보다 빨리 사무관이 되는 행운을 누렸다.

서기관 승진은 힘들고 지루하였다. 도중에 몇 번의 포기 의사가 있었으나 승진 대열에 끼어 있는 것만으로도 만족하고 근무했다. 당시 여건으로 도저히 승진 가망이 없는 사람이 현명치 못한 태도로 고생하고 있다고 비웃음을 받았지만 견디고 버텼다. 인맥이 없는 나는 윗사람을 짝사랑하며 나를 지켰다. 조금씩 기회 있을 때마다 승진이 가까운 곳으로 접근하였다. 이제 나로서는 할 일을 다 했다고 생각될 때 친구가 정권의 중심에 있었다. 승진 시기에 바로 승진 발령을 받았다. 나의 능력보다 그 친구의 덕으로 승진된 것 같아 고마우면서 개운치 않았다.

서장으로 다니면서 나의 한계를 스스로 인정하고 만족해했다. 객지 근무의 어려움은 있지만 조직의 생활을 마무리하는 마당에 의연하기로 했다. 늘 그 친구의 후광으로 청탁과 애로의 호소 없이도 피해를 본다는 의식 없는 대우를 받았다. 그 친구에게는 고마움의 표시도 못 하고 평생 마음의 짐으로 살아가야 하는 모양이다

조직이 살려면 조직원이 살아야 하고 조직원의 공감과 지지를 받아야 조직이 활력이 있어진다. 따라서 조직원의 보직과 승진의 중요성을 강조하고 싶다.

근무지

국가 공무원인 세무 공무원은 전국을 근무지로 한다. 인사 지침에 따라 발령권자로부터 전국 단위의 발령을 받으면 전국 어디에서라도 근무를 해야 한다. 초임은 대개 미혼이어서 홀가분하게 임지에 부임한다. 첫 직장의 흥분과 기대 그리고 새로운 지역에서의 새로운 경험 등으로 거부감 없이 근무하게 된다.

보통 사람은 고향이 있고 성장 과정이 있어 연고지가 있다. 결혼을 하면 생활의 근거지가 생기고 산업화, 도시화로 수도권으로 집중화 현상이 생기고 지방도 그 지역의 중심 도시로 집중된다. 공직 생활의 근무지도 수도권과 대도시 중심으로 집중되는 현상이 벌어진다. 자연히 경쟁이 심하고 이에 대한 인사는 투명하기를 요구한다. 따라서 선호도가 낮은 지역의 충원은 초임자, 승진자, 성적 불

량자 또는 업무상 불이익 처분을 받은 자로 한다. 이곳의 근무자는 상대적으로 열등감을 느끼기도 하고 더 이상 갈 데가 없다는 상실감으로 업무 의욕이 적다.

나는 초임으로 부산으로 발령받고 이후 서울, 울산, 부산, 대전, 청주, 남원, 김포, 평택에서 근무했다. 31년 근무 중 10년을 지방 근무를 하였다. 가족과 떨어져 혼자 객지에서 생활했다. 하숙 생활도 하고 자취도 하고 합숙소나 관사에도 거주하였다. 외로움과 무료함은 생활을 건조하게 한다. 보이지 않는 시선 때문에 자유롭지 못하다. 남의 사생활을 침범하여 같이 어울릴 수도 없다. 혼자 이곳저곳 기웃거리며 새로운 취미를 찾는다. 그 지역 사람 보다 더 그 지역을 잘 알고 있는 것 같을 때도 있다. 자기만족을 하며 세월을 보낸다. 성숙한 사람은 이런 여건에서 자신을 성장시킬 것이다.

당시의 나는 시간을 낭비하고 있다는 생각을 떨칠 수 없었다. 그러나 지금의 나는 그때 그 시절이 유익했고 자기성찰의 기회가 되어 더 인간적 성숙을 가져왔다는 생각이다.

똑같은 과정을 거치는 사람에게 긍정적 사고와 행동으로써 자기발전의 기회로 삼으라고 조언하고 싶다.

공무원의 정치적 중립

직업 공무원에게는 정치적 중립의 의무가 있다. 직업인으로서의 공무원이 공무를 집행하다 보면 정치적 중립의 개념에 혼동이 올 때가 많다. 공무원은 상급자의 지시를 받고 업무를 수행하는 경우가 많다. 분야별 최고 상급자는 정무직 공무원이다. 이들의 지시를 직접 받는 고위직 공무원일수록 자신의 개인적 의견에 따른 판단이 힘들 것이다. 밑으로 내려올수록 희석되기는 하지만.

흔히 국정지표라고 하여 통치권자의 통치 이념이 구체적 업무의 가치 판단의 기준이 되는 경우가 많다. 그 통치 이념이 개인적 또는 집단의 이해관계에 의해 적당히 포장되고 변질되어 집행되는 경우를 본다. 그래도 공무원 사회에서 구체적 이의를 달기는 힘들다. 공무원도 개인적으로 보면 자신의 성장 과정과 환경에 따른 가치 기준이 있다. 궁극적으로는 이러한 가치 기준에 따라 사물을 판단하게 된다. 그리고 개인적 이해관계에 따라 행동하게 된다. 따라서 정치적 중립이라는 과제는 구호에 그칠 수 있다.

같이 근무하던 친구가 개성이 강했다. 자신의 의사표현에 거침없었고 행동에 통제가 힘들었다. 정치 체제를 비판하고 야당 집회에 빠짐없이 참여하여 그가 존경하는 사람의 지지에 열을 올렸다. 공무원의 직업이 힘든 것을 느꼈는지 사표를 내고 조직을 떠났다. 이렇게 결행은 하지 못하고 심정적으로 어느 편이 되어 그들을 마음으로 돕는 공무원은 많았다. 선거 때만 되면 편을 나누어 쑥덕거리며 이야기하는 경우를 보게 되고 구체적으로 행동하기도 한다. 그러나 공무원의 신분이기 때문에 한계가 있다.

공무원은 집권 세력의 편일 수밖에 없는 것이 현실인지 모른다. 집권 세력이 고착화되었을 때는 더더욱 어쩔 수 없었는지 모른다. 이러한 시절 개인적 여건이 야당과 가까운 사람은 신분상 피해 의식을 갖게 된다. 동생이 야당 국회의원이어서 신분상 불이익 처분을 받았다는 사람과 같이 근무한 적도 있고 여당 실력자와 가까운 사이여서 혜택을 받으며 선호하는 근무처만 다니고 있다는 사람과 어울리기도 했다. 그러나 궁극적으로 개인의 능력과 심성이 중요하다는 것을 느껴 그런 이야기를 인정하려 들지 않았다.

그런 나에게도 일이 생겼다. 80년대 민주화 바람이 결실을 맺는 초창기 야당의 바람이 거센 선거를 맞게 되었다. 사회는 온통 정치 이야기고 선거에 관심이 집중되었다. 이때 내가 모시고 있던 서장이 정치의 중심에 선 분의 사위였다. 주위 모든 사람이 그 사실을 알게 되고 우리는 이해 당사자의 한 사람으로 인식되어 운신이 힘들었다. 선거는 나름대로 야당의 승리로 표현되어 정가의 활력이 돼서 마무리되었다. 선거 후 우리의 입지가 불안하였다. 그러니 나는 어떠한 것도 마음에 두지 않고 평상심으로 일을 했다. 여러 가지 전조 현상이 있음을 불안하게 여긴 과장들의 이야기도 무시하였다.

바로 정기인사에서 허위 보고를 이유로 서장은 본청 한직 과장으로, 주요 보직 과장 네 사람은 대전, 광주, 부산으로 하향 전보되었다. 인사권자의 소신이었는지 원칙인지 모르지만 우리 모두가 받아들이기 어려워 갈등하다 임지에 부임했다.

오비이락으로 보이는 행위는 없어야 한다.

이제 정권의 교체도 선거에 따라 잘 이루어지는 사회로 진입했다. 공직자 사회도 어떤 특정 세력의 눈치를 보지 않고 법대로 자신의 공직자 윤리에 따라 정정당당히 업무를 집행할 수 있다. 그러나 걱정이 된다. 자신의 이해관계에 따라 특정 세력의 지지자가 되어 특정 정파에 무한한 충성을 하여 자신의 의사에 따라 공무를 집행하는 행위가 두렵다. 그리고 그것이 정의고 소신이라고 스스로 자기최면을 걸어 조금도 부끄러워하거나 두려워하지 않고 충성을 다하여 행동할까 봐.

이제 행정이 과학화되고 체계화되어 정보를 한손에 쥐고 있을 수 있기 때문에 잘못된 행동은 큰 결과를 나타낼 수 있는 세상이다. 이제 진정한 공무원의 정치적 중립을 요구할 때다. 더더욱 노조가 결성되고 정치적 의사도 개인적으로 분명히 할 수 있는 세상이 되어가고 있는 현실에서 공무원의 정치적 중립이 절실하게 요구된다는 생각이 강하게 밀려온다.

사용자와 근로자

나는 사용자의 업체에 가서 근로자를 상대로 조사해 사용자에게 세금을 과세한다. 때문에 근로자의 시각에서 사용자를 보게 되지만 사용자의 입장을 감안해 종결하게 된다. 양측 다 이해하고 동감한다. 양측 관계는 적대 관계가 아니라 공동 이익을 추구하는 협력적 관계가 이상적이라 생각된다.

세무서 법인세 과장 때 어느 날 냄비를 들고 수저로 두들기면서 한 떼의 사람들이 구호까지 외치면서 들어왔다. 이야기를 들었다. 세무서가 부도 난 자기들의 회사 환급금을 동결하고 있으니 내주어 우리가 끼니라도 해결하게 해달라는 것이다. 서장과 협의하여 선처를 약속하고 돌려보냈다. 이제 절차는 뒤로 밀리고 떼부터 쓰고 보자는 상황으로 가는 것 같았다.

후에 민주화 운동이 한창일 때 노동 쟁의를 격렬하게 하는 현장에서 조사하며 착잡한 심정이었다. 노사관계의 근원적 문제를 생각하게 된다. 사용자는 기업이 산업화, 자본화, 국제화되면서 여러 편법을 이용하고 사회적 용인을 거쳐 현재를 만들었다. 자신의 하청업체를 육성 발전시켜 집중화 현상을 피해 위험을 분산해야 함에도 불구하고 어떤 형태로든 개인의 기업처럼 만들어 자신의 이익을 챙겼다. 또한 부의 세습으로 기업의 사회성을 희석시켰다. 이런 사용자의 근로자는 방법의 선택이 많을 수 없다. 자신의 현재 이익에 집착하여 투쟁하고 협상하고를 반복할 수밖에 없다. 사회의 불안을 조성하고 국민을 불안하게 한다. 이런 불안한 현상에 편승해 자신의 이익을 챙기려는 세력까지 생긴다. 이제 우리는 한 발씩 물러서 자신을 볼 수 있었으면 좋겠다.

기업은 현상을 정확히 인식하고 오늘을 보면서 오늘을 만든 사람에게 돌려주려는 마음을 바탕에 깔고 가면 한결 여유가 있고 유연해질 것 같다. 그리고 내일을 함께 만들 수 있는 구상도 하면서 근로자는 내일의 사업장을 머리에 그리면서 오늘을 공감할 수 있는 방안을 구상해 전체의 의사를 모았으면 한다.

무엇이 전체를 위하는 일인가 냉정히 판단하기 바란다. 자신들의 개인적 이익과 위상을 위해서 나라와 사회 전체를 흔들지 말기를 노사 양측에 부탁하고 싶다.

세무행정과 언론

국민의 납세 의식이 세무행정의 기본이요 핵심이다. 세금을 내려는 사람의 동의와 협조 없이 세정이 이루어지기 어렵다. 세금에 대해 부정적 시각이 잠재되어 있는 사람에게 세금을 내지 않을 명분을 제공하는 사례가 발생하고 이것이 확대 재생산되어 전파되면 걷잡을 수 없는 사태가 발생한다. 예를 들어 잘못된 과세 또는 제도, 이에 종사하는 직원의 부정 등이 사회적 쟁점이 되어 언론 매체에 집중 기획 보도되면 세정의 집행이 어렵다.

사전에 이런 요인이 발생하지 않도록 노력해야 함은 물론이고, 발생하면 적극적 자세로 대처해야 한다. 때문에 늘 언론 매체와 접촉을 유지한다. 평소 우리 업무를 이해시키려 노력하며 협조를 구하고 구체적 일이 생기면 관계인들은 전력을 다하여 대응한다. 독립성이 강하고 사회의 목탁임을 자부하는 언론은 자신의 기준으로 업무를 처리하려 하여 상반된 생각을 많이 갖고 있다. 각각의 의무와 책임의 범위에서 협조를 구한다.

언론 매체도 기업이다. 신문 방송사는 대부분 법인으로 되어 회계연도에 따라 결산을 하고 세금을 납부한다. 일반 법인과 다를 것이 없다. 공익성을 이유로 어떤 혜택을 요구하거나 의무를 게을리할 수 없다. 법에 따라 세무조사를 받고 잘못을 지적받아 세금을 추징당하기도 하고 극단적인 경우 조세범으로 처벌을 받을 수 있다. 언론이 권력이 되어 법 위에 군림할 수 없다.

나는 70년대 초 담당구역 내 유명 신문사와 전문지의 세원관리를 담당했다. 매월 납부한 원천징수 세액을 검토했다. 성실하게 납부하였다. 특히 영세 신문사는 직원의 봉급을 주지 못하면서도 근로소득세는 납부하였다. 그 당시 언론제도 때문이었던 모양이다. 일부 언론에 대한 부정적 시각이 있을 때 그들을 이해했다. 당시 언론은 권력을 견제하는 최후의 보루였는지 모르겠다. 권력자의 눈에는 가시 같거나 통제의 대상이었을 것이다.

통제의 방법 중 세무조사도 그 하나였다. 일반적으로 각종 조사

자료가 수집되고 있다는 사실을 인지할 수 있는 암시를 주거나 가벼운 조사도 하여 그 자료를 활용하였던 같다. 일정 기간에 한 번 해야 하는 조사는 그들이 성실 납세자임을 확인하는 요식 절차 같은 부담 없는 조사 같았다. 조사 공무원으로서 편안한 조사였고 부담이 없었다. 그리고 그들이 고마워하도록 하여 언론과 유대를 공고히 하는 계기로 삼고 후일 부탁을 할 수 있는 여지를 만들어 놓으려 한다.

경우에 따라 언론 길들이기의 일환으로 정치적 차원에서 세무조사를 하면 정예요원을 투입하여 그들의 모든 지식과 능력을 동원해 낱낱이 적출하여 스스로 잘못을 인정하게 하고 생존의 방법을 선택하게 만든다고 소문이 난무한다. 관계자로부터 어떤 정보도 없고 언론사도 어떤 해명이나 변명도 없다. 이럴 때 언론사의 의연하고 바른 태도를 기대해 본다.

조사의 방법, 태도, 적출 내용 등을 비판적 시각에서 분석해 수용할 것과 불복할 것을 구분해 스스로 밝히는 언론사 자신의 태도로 국민의 이해를 구하는 성숙된 언론을 보고 싶다. 개인의 아픈 점을 국민의 알 권리라 하여 보도하는 태도를 스스로에게도 적용하는 성숙함을 보고 싶다. 언제고 후일 서로의 충돌이 있고 바르게 되어야 할 때 원칙대로 하자고 하여 더 심도 있는 조사를 받으면서 이를 언론 탄압이라고 하지 말고 떳떳해하는 건전한 사회가 되기를 기대한다.

부조리

어느 시대 어떤 사회에서도 이치에 맞게 원칙대로 살기는 힘든 모양이다. 남들 모두 조리 있게 살려고 할 때 혼자만이 이를 어기고 편법으로 살면 훨씬 편할 것이다. 때문에 우리 사회는 부조리가 많아진다. 자본주의 체제가 도입 발전되고 안정되면서 부의 축적이 가치관의 최우선이 된 것 같다. 이를 위해 치열한 경쟁이 이루어지고 편법으로 부당 경쟁이 훨씬 효과적이라는 인식이 들고 불공정 경쟁이 자연스럽게 수용되면서 도덕 불감증이 되어 부조리가 만연하다.

기업은 이익을 창출하는 수단과 방법에서 법과 도의를 따지기 전에 저질러 놓고 보는 주의여서 이들과 이해관계를 같이하는 사람은 이런 행위 속에 묻힌다. 구체적으로 기업은 납품을 받으며 하청을 주며, 종업원의 채용과 관리 그리고 유통구조와 가격 모두를 기업과 기업주 개인의 이익을 최우선으로 하여 결정한다.

법과 도덕성과 관련규정을 어떻게 합리적으로 피할 수 있느냐의 검토가 최우선이다. 피하지 않고 정면 돌파 시 오는 피해가 이익보다 적으면 꺼려하지 않고 집행하는 경향이 있다. 구체적으로 자금 조달에 있어 사금리와 공금리의 차이에 따라 수단과 방법을 가리지 않고 공금리 조달에 전력을 다하고 인허가 사업의 독점권을 획득하기 위하여 유관기관과 철저한 밀착관계를 유지하고 사업에 필요한 도움을 받기 위하여 정기적 또는 수시로 부적절한 행위를 한다. 감사 또는 단속을 피하기 위하여 당해 기관과 공적·사적 관계를 유지한다. 후일 문제가 되면 그 해결을 위하여 흥정과 거래도 꺼려하지 않고 사법기관과 품위 관계를 유지하며 자신의 품격을 높여 주위에 과시한다.

일상적으로 부조리는 생활화되었다. 부모의 교육열로 좋은 학교를 가기 위해 거주지를 바꾸고 형편이 여의치 않으면 위장 전입도 하였다. 이익이 된다면 어떤 위장 전입도 관행으로 인식하였다. 잘못된 관행이 부도덕하다는 인식조차 멀어졌다. 국가 예산을 집행하는 부서는 남의 돈 쓰는 기분으로 아까운 줄 모른다. 공사 구분도 없다. 결과에 대한 책임도 관대하다.

정책과 업무의 결정에서 자신의 이해관계가 우선인 것 같다. '국가와 민족을 위하여'라는 것은 구시대의 구호가 되었다.

공직에 있는 사람은 그 자리에 있다는 사실만으로도 청렴의 의무를 진다. 어떤 이유로도 금품을 수수하거나 경제적 이익을 챙기면 그 자리에 있어서는 안 되며 어떤 책임도 면할 수 없다. 대가성을 따지며 고개 들고 있는 공직자를 볼 때마다 우리 사회의 현실을 보는 것 같아 안타깝다.

우리는 자신도 의식하지 못하는 사이 부조리 속에 산다. 만물의 영장인 인간이 가장 우수한 이기적 유전자를 갖고 태어났기 때문일까.

부정부패

조직이 부패하면 그 조직은 살아남을 수 없다. 우리는 부패 중 가장 심각한 것은 금품수수로 생각했다. 공직자가 그 업무를 집행하면서 이해관계인으로부터 금품을 받는 사례를 나쁘게 말하면 금품을 갈취하는 것으로 표현하기도 하고 사례로 떡값이나 받았다 하기도 하고 급행료를 챙겼다고 하기도 한다. 또 어떤 특혜를 주어 대가를 챙기기도 한다.

봉급으로만 생활하기 어렵던 시절, 생존을 위한 수단이라고 항변하기도 하고 더 나아가 업무를 집행할 때 어떻게 하면 무리 없이 금품을 수수할 있을지 방법을 연구하고 있는 것같이 보이기도 한다. 이러한 금품을 수수한 실무자들로부터 금품을 배분하는 기관도 생긴다. 흔히 밭 전田, 눈 목目, 날 일日, 입 구口 배분이라고 하여 4등분부터 독식 경향까지 풍자하기도 한다. 배분이 많을수록 그 기관은 썩은 기관이다. 사회 전체가 부패한 시절 어떤 부분은 내부적으로 용인될 수 있지만 이제 사회가 정상화되면서 개인의 부정 형태로 존재하는 양상을 보이게 된다. 이것도 개인의 문제이지 조직의 문제는 아니다. 다만 조직에서 의지를 갖고 제도적으로 개인의 부정의 소지를 제거하려고 노력해야 그 결실을 맺는 것이다.

보통 부정은 쌍방 모두의 이해관계와 맞물려 있기 때문에 근원적 제거가 힘들다. 부정은 늘 묻힌다는 생각 때문에 더 없어지지 않는 모양이다. 이러한 부정의 형태로 흔히 민원 부서를 떠올리지만 어떤 특정 부서에 국한해 비난할 문제는 아니라고 생각된다. 사회 어느 구석에서도 부정한 방법에 의한 금품거래가 이루어지고 있는 것이 현실이다. 다만 공직자 사회가 주시의 대상이 되는 것은 어쩔 수 없다.

우리는 세무조사 시 영치서류에서 비밀장부를 발견한다. 그 서류 속에는 비자금 사용처가 있다. 자금을 관리하는 사람의 금품 사용처를 명백히 하려는 의도에서 작성했다가 미처 폐기하지 못한 서류다. 우리는 그것을 보며 경악할 때가 있다. 사회 통념상 가장 깨끗하고 존경받는 곳도 금품과는 무관할 수 없을 수도 있다는 것을, 돈을 써야 하는 곳은 돈을 조달해야 하고 돈의 옥석을 가리기 힘들다는 것을 느꼈다.

부정부패의 고리를 끊을 수 있는 것은 사회 전체가 투명하고 깨끗해지는 의식과 가치관의 문제라는 것을, 우리의 부정부패 추방 노력은 어떤 특정인이나 세력의 구호로서 끝날 수 있는 것이 아니라는 것을 느낀다.

세무 공무원

공무원을 선호하는 경향이 있다. 그중에서 세무직이 경쟁률이 높다. 두뇌가 명석하고 성적이 우수하다. 총무처에서 시행하는 공개 경쟁시험에서 합격하여 특별한 배경 없이도 자신의 역량을 충분히 발휘해 인정받을 수 있다. 지식 습득도 빠르고 업무 적응 능력도 탁월하다. 이기적 처신이 자연스럽다.

세무 공무원은 돈과 관련된 일을 한다. 돈으로부터 자신을 지킬 수 있어야 한다. 잘못된 생각과 행동에 자신을 망칠 요소가 많다. 많은 업무를 해야 한다. 때문에 부지런해야 한다. 많은 사람과 접촉하므로 인격적으로 성숙해야 한다. 외부의 시선이 호의적이지 않기 때문에 이를 수용하고 겸손해야 한다. 자신에게 엄격해야 한다. 이러한 기본자세 없이는 세무 공무원의 생활이 어렵다.

세무 공무원 하면 돈부터 연상한다. 돈을 거두어들이는 사람으로서 적당히 걷어 국가도 자신도 쓰는 것으로 인식하려 한다. 세리라고 하여 시선이 곱지 않다. 주위를 둘러보고 그런 경향이 있으면 더욱 확정적으로 말한다. 세무 공무원은 경제력 있는 사람과의 접촉이 많다. 돈 되는 일과 방법을 보며 생활하고 그들로부터 조언을 듣는다. 자신도 모르는 사이 개인적으로 그 일원이 되어 경제 행위를 하다 성공도 하고 실패도 한다. 우리는 성공의 경우만 보인다. 그리고 비난받는 사람이 된다.

우리는 우리 집단의 윤리 의식이 중요하다는 것을 안다. 착한 집단의 나쁜 사람이 나쁜 집단의 착한 사람보다 착하다는 것을 배운 적이 있다. 때문에 우리는 우리가 선량하고 우수한 집단이기를 갈망한다. 공직자 사회에서 청백리를 선발한 적이 있다. 국세청에서 두 사람이나 선정되었다. 그러나 국세청이 청백하다고 인정하는 분위기가 아니고 그들이 특별한 사람이라는 분위기였다. 그러나 나는 늘 항변한다. 부정의 소지가 있는 곳일수록 부정은 상존할 수 없다고. 그리고 부정한 사람은 곧 도태되는 것이 자연의 섭리라고.

대부분의 세무 공무원은 이런 이유로 외롭다. 여유 없는 생활과 곱지 않은 시선에 가까운 사람과 잘 어울리지도 못하고 고달프고 힘들다. 서로를 이해하고 위로하는 동료들과 어울린다. 우정이 생긴다. 더더욱 전우애 같은 동지애로 결속이 깊어진다. 서로 발 벗고 공사 생활을 돕는다. 퇴직 후에도 그들은 그들끼리 모이는 경향이 강하다. 건강하게 생활한 대부분의 공무원들은 화목한 가정을 형성하고 정년을 마쳐 연금을 타고 세무사 개업을 하여 경제생활을 하며 여유롭게 살고 있다.

이제 현직에 있는 세무 공무원도 이런 선배들의 삶의 태도와 방법을 보고 자신의 미래를 정립하기를 바란다. 그리고 바람직하고 보람된 평범한 직장이었으면 좋겠다. 세무 공무원의 긍정적 측면만을 생각하며.

국세청장

아랫사람은 윗사람을 비교적 객관적으로 볼 수 있다. 위로 쳐다보는 경우 그 사람의 부끄러운 부분을 볼 수 있기 때문이다. 그러나 너무 멀거나 같은 시각으로 보면 객관적 평가는 기대하기 어렵다.

역대 국세청장을 생각하며 개인적 느낌을 기억해 본다.

초대 국세청장인 이낙선. 그는 박정희의 충실한 신봉자로 그의 의도대로 국세청을 발족해 성공적으로 조직의 운영 체계를 확립하고 소기의 목적을 달성하였다. 개인적으로 인간적 매력을 느꼈다. 그의 옆에서 일할 수 있는 기회를 포기해 아쉬워하기도 했다.

오정근에 이어 고재일이 청장으로 부임했다. 나름대로 국세청에 대한 지식과 정보를 갖고 운영 방침을 생각한 사람 같았다. 개혁과 혁신을 강력히 추진했다. 일선 세무서의 중견 실무자까지 일일이 개인적 보고를 받고 평가 파악하며 업무를 집행하였으며, 여론을 수집하고 감찰 직원을 동원하여 사무관 이상의 개인 주택까지 촬영해 가면서 본인이 직접 숙정 대상자를 선정해 강제로 사표를 받았다. 혁명 초기도 아닌 시점에 혁명적 조치였다. 무리도 있었지만 불만이 있던 다수의 사람으로부터 환영을 받았다. 일반 업무도 혁신을 늦추지 않았다. 어려운 시기에 부가가치세 시행을 성공적으로 하였다.

생소한 세제의 시행으로 국민적 불만이 일자 행정의 달인으로 표현되는 내무관료 출신의 김수학 청장이 부임했다. 기대에 부응해 능수능란하게 위기를 넘겼다. 국가 변혁기에 조직을 안정적으로 이끌어 신군부의 세력에 인계하였다. 안무혁, 성용욱. 당시 신군부의 통치 방침대로 조직을 안정적으로 이끌었다.

민주화되면서 내부승진자의 시대로 접어들었다. 조직의 생리를 누구보다 잘 알고 있는 전문가가 조직을 이끌면서 보수적 성향이 강해졌다. 청장은 통치권자와 가까운 사람으로 처세에 능한 사람이 되는 경향이 있다. 또 오랜 국세청 경력으로부터 자유로울 수가 없다. 이들에 대해서는 대체로 직원의 호불호가 확실했다. 최고 통치권자의 의중을 벗어날 수 없어 그의 추종자라는 비난과 함께 행정의 편향성을 의심받기도 했다. 내부 승진의 시대에 접어들면서 승진 후보자 간의 불공정 게임이 시작되는 경향이 있어 내부 분열을 조장할 우려가 있었다.

청문회를 거치며 청장이 되려는 사람은 원대한 꿈을 갖고 자신의 처신을 엄정하게 하여 부하 직원으로부터 인정을 받고 공감을 얻어야 한다. 오랜 공동생활에서 아랫사람의 축적된 평가가 정확할 수 있다. 부정적 시각으로 그런 사람이니까 청장이 되지 하는 인식이 있어서는 안 된다.

이제 국세청장은 통치권자로부터 자유스러워야 하고 그의 의중을 살피며 그를 위해 세정을 집행해서는 안 된다. 통치권자 역시 세정이 정당하게 행사되어 공권력의 권위가 확립되도록 해야 한다. 국민으로부터 납세의무에 대한 신념을 갖게 해야 하며 납세에 대한 공권력의 훼손이 조금이라도 생기면 나라 자체가 위태로울 수 있다는 강한 의식을 갖게 되기를 바란다.

누구나 공감할 수 있는 훌륭한 사람이 국세청장이 되었으면.

국세청을 떠나면서

떠날 때를 잘 선택하는 것이 가장 현명하고 행복하다고 느꼈다. 떠난다는 일 자체가 자신의 의지와 일치하기가 어려운 것이 현실인 것 같다. 떠나고 싶어도 이런저런 이유로 떠나지 못하는 경우가 더 많은지 모르겠다.

천직으로 여겼던 직장, 이제 한계를 느낀다.

공무원은 법이 정한 정년이 있다. 특별한 사유가 없으면 자기의 의사에 반하여 퇴직당하지 않는다. 그러나 조직의 특성상 후진에게 자리를 내어 주기 위해 명예퇴직이라는 제도가 있다. 어디까지 자기 의사결정인데 인사 적체 현상의 해소와 조직의 활성화를 위해 강제성을 갖게 되었다. 만약 개인적 이유로 법대로 하겠다고 하면 조직의 상사는 물론 후배로부터 경멸과 비난 그리고 야유를 받으며 물러나는 것이 현실이었다.

정권이 바뀌면서 국정 이념도 바뀌고 통치 스타일도 변하면서 차별대우를 받던 사람들이 자신의 위치를 바로잡아야 한다며 새로운 질서를 형성할 때 나는 비켜 주는 것이 합당하다는 생각을 갖게 되었다. 1년을 앞당겨 명예퇴직 신청을 결정했다. 착잡했다. 선례가 없는 결정, 그리고 무슨 오점이 있어 쫓겨 나가는 것 같다는 인상, 개인적으로는 아이들 결혼이라도 시키고 나가는 것이 실리라는 충고 등을 무시하기 어려웠다. 집사람도 나의 능력을 알고 있어 말린다.

그러나 결심하였다.

지방청장을 면담하고 의사를 밝혔다. 직접 상사로 모시고 일을 하여 내 능력과 입장을 잘 알고 있는 분이어서 나를 이해해 주었다. 그리고 걱정스러운 모양이다. 본청장과 상의해 퇴직자들이 갈 수 있는 산하기관에 가도록 협의할 테니 기다리라 한다. 이렇게 배려하는데 고민도 하지 않고 거절하는 것은 예의가 아닌 것 같아 수용했다. 뒤에 들으니 그 자리는 경합이 심하고 능력 있는 사람이 이미 결정되었다는 소문이다. 씁쓸하다. 그만두는 시점도 마음을 상하게 하는구나.

연말 인사이동으로 자리를 옮겼다. 자신의 현재의 위치를 다시 각인하고 나왔다. 그리고 인사에 불만이 있어 사표를 던지듯 내고 물러서는 것은 내가 사랑하고 자랑스럽게 여긴 국세청에 대한 예의가 아니라는 생각을 거듭하며 3개월을 더 근무했다.

성대하게 치른 명예퇴임식에서 이 자리에 있도록 늘 나를 지탱해준 내 마누라에게 진심으로 감사하며 따뜻한 환송을 받으며 퇴장하였다.

세무사 개업을 하며

직장을 명예롭게 마감하고 싶다. 쫓기듯이 나서기 싫은 심정에서 남보다 조금 이르게 명예퇴직을 했다. 이제 세무사를 개업해 경제적 여유도 갖고 싶고 그동안 신세진 많은 분들에게 고마움도 표시하며 사람답게 살고 싶다. 봉사의 의미도 있고 사업의 이점도 있을 것 같아 오래 근무한 지역에서 정식으로 개업했다. 평소에 생각한 대로 자신들의 전문 분야를 묶어 경쟁력 있게 법인화하기로 했다. 이해관계의 상반으로 힘들어 나 개인이 이끄는 법인을 만들었다. 그리고 업계의 실태를 객관적으로 알기 위해 세무사 협회의 실무 책임자인 전무이사를 맡았다. 사전의 준비는 충분하다고 생각했다.

사업은 구상대로 되지 않는 게 현실이다. 전제가 현실적이지 못할 때 실패할 수밖에 없다. 나 개인이 법인을 이끌기에는 역량이 부족하였다. 상응하는 이익이 나지 않아 구성원이 이탈하기에 이르렀고 납세자에게도 기대에 부응하지 못했다. 협회도 회장단의 직선제 체제로서 세력 간의 경쟁으로 장기적, 관례적 업무의 집행에 애로가 있었다. 그리고 연령도 업무와 관련된 사람에게 불편을 주는 나이다. 모든 요소가 부정적이다.

냉정하게 나의 길을 재정립할 계기가 되었다. 협회 전무도 임기를 채우지 못하고 사임을 했다. 법인의 대표도 사임했다. 법인의 소속 세무사로서 할 수 있는 업무만 할 것이다. 단순해졌다. 내 능력의 한계를 알고 바른 처신을 하였다고 스스로 자위한다. 이제 아무도 아무 일도 나를 속박할 수 없다. 나는 자유를 찾은 것 같다. 그리고 봉사할 기회가 있으면 즐거운 마음으로 봉사를 하고 싶다.

주변의 빚이라도 갚을 생각은 접어 두기로 했다.

산다는 것이 다 그렇다는데.

전관예우

어떤 직종이든 한 직장에 평생 근무하다 퇴직하면 새로운 인생을 살아야 한다. 평균 수명이 늘어나면서 제2의 인생이 중요해졌다. 보통의 경우는 새로운 일을 해야 하지만 전문 자격사들은 퇴직후 자유 직업인으로 전의 직장을 상대로 일하는 경우가 많다. 상대방은 불편하지만 자신들도 언젠가는 같은 입장이 될 것을 생각하여 예우하고 대접한다.

동업자 간의 경쟁은 치열하며 불공정 경쟁을 못 참아 한다. 때에 따라서 과장되게 이야기가 되어 예우받고 있다고 생각되는 사람을 매도한다. 나도 내가 오랫동안 근무했던 곳을 택하여 개업하였다. 내심 예우를 받아 업무를 쉽게 하려고 했던 모양이다. 기존 세무사의 시선이 곱지 않았다.

일찍 사표를 내고 세무사 개업을 한 친구가 불만을 토로하였다. 너희들은 직장생활을 끝까지 하고 나와 관내 유수한 기업의 고문을 하면서 기존 세무사의 일을 빼앗고 업계를 흐리고 있다고 비난한다. 또 고위 공직자들은 명목상 사외이사 고문을 하면서 많은 대가를 받으며 기업의 방패가 되고 있는 인상을 받는다. 더 능력 있는 사람은 대형 법무법인에 들어가 그 법인의 창구 역할을 하고 있는 것에 대한 부끄러움도 없다고 울분을 토로한다. 경쟁사회의 약자의 변이라고 일방적으로 단정 짓기는 개운하지 않다. 마음이 편치 않다.

전관예우… 불가피한 사회현상이다. 그러나 일반적 시선으로도 용인의 범위를 벗어나서는 안 된다. 동업자의 밥그릇 문제가 아닌 윤리성 문제가 되면 외부적 규제를 피할 수 없다. 스스로 노출되어도 문제가 없어야 된다. 정당한 업무를 수행하고 동업자에 상응하는 보수를 받고 있는지는 검증되어야 한다. 논란의 대상이 되는 것은 스스로 피해야 한다. 공직의 명예로움을 지켜 후배들의 존경을 잃지 말아야 한다. 나는 그 친구의 말을 계속 듣고 생각했다.

이제 세상은 투명해진다. 동업자 간의 경쟁도 투명하고 공정해야 한다. 전관예우는 예절의 범위여야 한다. 스스로 그 범위를 넘지 않도록 자신을 지켜야 한다. 그리고 업무에 엄정한 후배에게 섭섭해 해서는 안 된다. 후배들도 먼 후일 자신의 예우를 기대하지 말고 그들의 직장 동료를 대하자. 나 자신도 내가 예전에 어디서 무엇을 하며 살았는지 망각하고 살련다.

::

나머지 삶 너그럽고 여유롭게

인생을 정리하는 문턱에서

쳇바퀴

인생을 정리한다는 것이 쉽지 않다. 하던 일을 놓고 했던 일들을 돌아보며 반성하고 정리한다는 것은 스스로 삶의 욕망을 내려놓는 것 같은 생각까지 든다. 굳어진 생각에서 행동하고 흥분하며 계속된 삶을 살지 않으면 금방 무너질 것 같은 불안이 엄습한다.

나는 이제 하나하나 주변을 정리한다. 정리한다는 명목으로 새로운 일의 시작이 되는 것은 아닌가 불안해지기도 한다. 나를 정리하는 일에 있어서 우선 새로운 상황의 인식을 거부하기로 했다. 변화하는 세상을 내 잣대로 평가하고 행동하기를 삼갔다. 구체적 행동으로 세상 돌아가는 것을 인식하기를 거부했다. 신문도 방송도 뉴스도 보지 않기로 했다. 내가 몰라도 내가 흥분하지 않아도 내가 목소리를 내지 않아도 세상은 그 방향으로 가게 되어 있는지 모르겠다. 흐름을 거역할 힘은 나에게 없다. 그냥 가게 두는 수밖에 없다. 오직 세상을 주도하고 있는 젊은이에게 세상을 맡겨 두는 수밖에 없다. 우리가 만든 세상을 망친다고 흥분해도 망하는지 흥하는지는 두고 봐야 알겠지만 망해도 그들이 감당해야 할 몫이지 우리는 관여하지 말자고 생각했다.

시간을 보내려니 TV를 켠다. 드라마나 연예 프로를 본다. 생각 없이 시간을 보내기 좋은 방법이라 생각한다. 최근에 와서는 너무나 이해할 수 없는 상황 설정이 많아 따라갈 수 없다. 이런 세상은 상상할 수 없는 상황이다. 비정상이 정상이 되어가고 있는 세태 그리고 그런 상황이 일반화된 상황인지 알 수가 없다. 흥분해 봤자 소용없다. 이제 TV도 보기 힘들다. 스포츠도 너무 승부에 집착하고 너무 자기편애라 스포츠 정신이라곤 찾아볼 수 없다. 돈이 난무하고 기업화, 상업화된 스포츠에 순수성을 갖고 흥분하기도 어렵다.

이제 내 시선과 마음을 잡을 곳이 점점 없어지고 있다. 주변의 사람도 이런저런 이유로 줄어들고 있다. 가족도 해체되고 있다. 혼자만이 남고 혼자도 있기 어려워진다. 가벼운 배낭을 메고 훌쩍 떠나고 싶다. 그것도 마음뿐이다. 실행에 옮길 용기도 없다.

생각이 쳇바퀴 돌듯이 맴돈다. 아무런 해결 없이 하루를 보낸다. 이렇게 보내서는 안 되는데 생각하며 하루를 보내고 있다. 억지로 일을 만든다. 결국 새 일로 들어갈 수밖에 없는 모양이다. 정리한다면서 일을 벌인다.

이렇게 반복하는 모양이다.

이런 내가 싫다

편협하고 옹졸한 내가 싫다. 자기식의 사고와 가치가 굳어져 그 잣대로 모든 사물을 보고 판단하고 그리고 흥분하는 내가 싫다. 말과 생각으로는 넓은 가슴으로 따뜻하게 보고 판단하자고 하면서 뒤로는 흥분하고 있는 내가 싫다.

가물거리는 기억을 절대적인 지식과 경험인 양 아는 척하는 내가 싫다.

남을 배려하며 살자고 하면서 작은 것 하나도 양보 못 하고 행동해 주위를 짜증스럽게 하는 내가 싫다.

말은 아끼고 주머니는 후덕하게 풀라는 생각만 있고 나도 모르는 사이 억지 논쟁의 중심에 서 있거나 계산은 하지 않으면서 남의 눈치나 보고 있는 내가 싫다.

가족의 어른으로서 가족을 포용해야 하는데도 마누라의 고마움을 몸과 마음을 다해 표현하지 못하고 아이들을 직장 상사가 부하 다루듯 대해 섭섭하게 만들고 이런 상황에 삐져 있는 처량한 내 모습이 정말 싫다.

정말 정말 싫다.

싫은 내가 너무 너무 많다.

가정의 달

5월은 가정의 달이다. 가정은 사회구조의 가장 밑의 기초 단위인 모양이다. 나와 함께 가족, 가정을 우선적으로 생각하는 것도 사고의 기본인지 모르겠다. 1년 중 가장 좋은 계절을 택하여 가정의 달로 정한 모양이다. 나 개인적으로도 5월에 결혼해 내가 중심이 된 가정을 만들었고 40년이 지난 지금 가장자리로 비켜 앉았지만 집안 행사의 간섭자이자 어른 행세를 하려니 힘들다.

결혼기념일 아무도 기억해 주지 않는 우리들만의 것으로 어떤 행사도 쑥스러워지고 둘만의 추억도 흐뭇하지도 아련하지도 않다. 잊지 않고 밥 먹고 영화나 한 편 보는 것으로 힘들게 살아온 지난 세월을 보상받는 기분이다.

어린이날 자신의 아이들을 챙겨 주지 못한 일들을 후회하며 손자에게는 무엇이든 기억에 남는 것을 해주고 싶다. 어린이날을 앞두고 온통 손자 생각이다. 무엇을 해야 즐거워하고 좋아할까 궁리한다. 그러나 손자는 벌써부터 계산을 하고 있다고 한다. 선물해 줄 사람들이 자신에게 보내 주는 애정의 정도에 따라 제가 갖고 싶은 선물들을 적절히 배분하고 있다고 한다. 놀라운 발상이고 행동이다. 아이들다운 맛이 없어졌다고 푸념하지만 세태가 그러니 어쩔 수 없다.

어린이날은 어린이 몫이니 돈만 송금해 주고 어린이와 함께하는 것은 포기하라고 한다. 어린이날 손자는 할아버지까지 차례가 올 수 없다. 다만 어린이날을 즐길 수 있도록 여건 조성에 기여하는 것으로 만족해야 한다.

어버이날 거리마다 노인들이 가슴에 카네이션 꽃을 꽂고 여기저기 행락 대열에 있는 모습을 볼 수 있었는데 요즈음은 덜한 것 같다. 음식점에 가서 음식을 대접하거나 통장에 돈을 송금하거나 간단한 선물을 들고 집으로 오는 등 행태도 가지각색이다. 우리도 외식을 하고 요즘 실세인 어머니에게 봉투를 전달하는 것으로 행사를 하였다.

부부의 날 있는 것조차 모르는 사람이 많다. 알아도 특별할 것이 없다. 이제 황혼 이혼이 그렇게 많다는데 우리 나이에 함께 있어 주는 것만으로도 감사해야 할 일이다.

손녀의 돌잔치를 끝으로 우리의 가정의 달이 마무리되는 것 같다. 가정은 서서히 해체되어 가고 있는 것 같은 느낌을 받으며 마지막은 나 혼자만의 가정을 지킬 수밖에 없다는 생각에 빠진다.

행복한 행사

마누라와 자식 자랑을 하면 팔불출이라고 손가락질 받는다. 그러나 손자 손녀 자랑은 저마다 하며 웬만하면 받아 준다. 서로의 입장이 비슷하면 이해하며 동조한다. 어쩌다 만나는 손자와 이야기가 많다. 할 일도 많은 것 같다. 손자는 이런 할아버지를 개의치 않고 제멋대로다.

어느 날 놀고 있는 손자를 바라보다 엉뚱한 생각에 빠졌다. 커가는 손자를 오래 지켜보고 싶어졌다. 손자에게 마음을 비쳤다. 오래 살아서 네가 크는 것을 보며 지켜 주고 싶다고. 그렇지 못할까 봐 걱정이라고. 손자는 바로 응답했다. 할아버지가 돌아가시면 하늘나라에서 하느님과 같이 내가 크는 것을 보면서 나를 지켜 주면 되니까 걱정하지 말라고. 기대가 일시에 무너지는 기분이다.

현재의 생활에서 손자에게 할아버지에 대한 많은 기억을 갖게 하고 싶은 욕망이 간절하다. 먼 후일 할아버지에 대한 추억을 떠올리며 할아버지를 그리워할 손자가 있다는 야무진 꿈을 갖고 죽고 싶다. 내 아버님이 손자들에게 했던 일들이 떠오른다. 어느 뜨거운 한여름 개천가에 나들이를 갔다. 점심을 먹고 물가에 누워 쉬고 있는데 아버지와 아이들이 보이지 않는다. 불안하였다.

한 시간이 지나서야 아이들이 지치고 짜증스러운 표정으로 돌아왔다. 근처 논두렁을 목표 없이 끌고 다니셨다. 큰 교육을 마치고 오신 표정이었으나 내가 좋지 않은 반응을 보인 것은 지금도 부끄럽다. 아이들 초등학교 시절 버스 타고 서울대학교에 가서 한 시간 이상 다니며 이야기했다. 아이들에게 목표 의식을 심어 주기 위해서라고 한다. 아마 자신의 아들은 그 대학을 못 다닌 한이 있어 손자라도 다니게 할 욕심의 표현으로 생각하였지만 그렇게 달갑지는 않았다.

지금 나는 나의 아버지를 닮아가고 있는 것 같다. 젊은이의 교육 추세에 벗어난 행동으로 아이의 편에서 아이가 편한 대로, 하고 싶은 대로 해주고 싶다. 한글, 구구단, 영어, 한문, 살아가는 데 필요한 것을 조기에 깨우치게 하여 다른 아이와 비교 경쟁해 지치게 만드는 것은 적극 반대다. 아이들은 하고 싶은 일도 먹고 싶은 것도 많을 것이다. 바람직한 방향으로 자연스럽게 유도되었으면 좋겠다.

나는 손자와 할 일이 많다. 전철을 타고 여기저기 다니면서 관심 있는 것을 보며 흥미로워하고 먹어 보지 못한 음식도 이것저것 먹어 보며 호기심을 키워 주고 싶다. 이런 사고의 할아버지는 아이의 교육에 보탬이 되지 않는다고 가까이하지 않을 수도 있다.

나에게 이번 5월에 하고 싶은 일이 있었다. 친구들에게 제안했더니 적극적으로 호응해 5월의 어느 날 학교 체육관을 빌려 간단한 음식을 챙겨 손자 손녀들과 재미있는 체육 대회를 알차게 했다. 의외로 친구의 반응이 좋았다. 손자 손녀에게는 넉넉한 할아버지들이 따지지 않고 참여한다. 그리고 하루를 즐거워한다. 단순하지만 행복한 잔치다. 이 순간의 행복이 몸짓에 가득하다. 매년 이어지기를 소망하며 덕담을 나누며 자신의 위치로 돌아간다.

할아버지 나온 학교도 자랑하고 먼 후일 할아버지를 자랑할 수 있는 추억을 만들어 준 것 같다.

마사회

60대 중반에 들어서 해야 할 일들이 그렇게 많지 않다. 생활의 여건이 점점 나빠진다. 부부가 가장 가깝게 있는 시기다. 몸은 늘 함께 있어도 이제 자신의 생활 영역에 침범한 이방인 같은 대접을 받을 수 있고 심지어 거추장스럽고 부담스럽게 생각하는 경향까지 생긴다. 남편은 한없이 섭섭하다. 자신의 모든 것을 바쳐 오늘을 만들었는데 오늘의 내 위치에 대한 회의를 느낀다. 갈등의 폭이 커지기 전에 부인과 함께하며 소통하며 더 큰 어려움을 피해야겠다. 부인에게 아양을 떨며 사랑을 받도록 노력을 해야 한다. 친구들과 어울림도 어떤 목표가 없으면 진행이 어렵다.

의논 끝에 1년에 몇 번의 여행을 부부동반으로 가자고 한다. 부부가 같이함으로써 부부간의 이해와 소통 그리고 친구들의 우정을 이어 주는 끈의 역할을 하고 행동의 절제를 갖게 되는 등 여러 가지 장점이 있어 좋다. 이러한 일에 능력 있는 친구가 모임을 주선하고 모임의 명칭을 마사회라고 정한다. 마누라를 사랑하는, 마누라로부터 사랑받는 모임이라는 뜻이다. 모두 선뜻 동의하지 못하지만 그냥 애교로 알고 별 이의는 달지 못했다. 여행지에서는 한국 마사회와 관계된 사람으로 인식하고 대접도 융숭하였다.

우리는 부부여행을 하기 시작했다. 동해안으로는 용평, 오대산, 강릉, 설악산, 속초, 화진포, 통일전망대를 누볐고 삼척, 울진, 덕구 온천으로 내려갔다. 서해안으로는 강화도, 인천, 안면도, 광천, 오천, 대천, 변산반도, 선운사, 영광을 거쳐 목포에서 흑산도, 홍도까지 다녔다. 남해안은 충무, 거제, 남해, 여수를 거쳐 지리산에서 헤맸다. 10년 가까이 철 따라 생각 따라 먹을거리 따라 이곳저곳 다녔다. 기획하는 사람 입장에서 한시도 머리에서 떠나는 때가 없다.

이제 나이가 들어가면서 혼자되는 사람이 늘고 같은 건강을 유지하기 어렵다. 굳이 둘이 다니는 여행에는 한계가 있다. 경제적 여건, 의욕의 상실…. 30여 명 되던 여행자 수는 20명을 채우기 어렵다. 근원적 계획의 수정이 필요한 때가 되었다.

몰려다니는 여행의 한계. 우울하다. 그사이 얼마나 즐거웠는지 모르는데. 여행은 즐겁다. 같이 다니는 사람이 있으면 더더욱 즐겁다. 이러한 즐거움을 현실에 맞춰 계속하련다.

모임

사회생활 하는 데 중요한 것 중의 하나가 소속감이다. 어떤 조직이건 본인의 의사와 상관없이 어디에 소속된 자신을 발견한다. 지나온 인생에는 공적이건 사적이건 조직이 있고 본인의 의지와 상관없이도 그곳에 소속되어 있다. 가장 흔한 것이 태어난 곳에 향우회가 있고 학교를 나오면 동창회가 생기고 군 생활, 직장생활 여러 가지 인연으로 각종 조직을 만들어 회를 구성하고 모임을 갖는다. 응집력 있고 잘 갖춰진 조직의 대표로 호남 향우회, 고대 동창회, 해병 전우회를 이야기하는 사람도 있다.

나는 학교 다닐 때부터 무슨 회에 가입하는 것을 싫어했다. 나의 의사와 상관없이 행동을 해야 되는 것이 싫었고 또 그 모임을 배경으로 자기과시가 눈에 거슬렸다. 친하게 지내다가도 그런 모임이 생기려면 슬그머니 발을 뺐다. 직장생활을 하면서 소속 직장의 동창들 모임이 생기고 같은 고향끼리 모이고 입사 동기끼리 정보를 교환하며 우의를 다지고 같이 근무했던 사람도 친목을 도모한다고 정기적 모임을 만든다. 그러나 나는 늘 소극적이었다. 바쁘다고 여러 번 빠지게 되면 슬그머니 명단에서 제외되곤 했다. 내가 유능하거나 이용 가치가 있으면 빼지 않으련만 별로 그렇지 못하여 자연히 소외되었다.

한참 지나고 보니 자기들끼리 각종 모임을 이용해 끌어 주고 밀어주는 현상이 눈에 띄게 나타났다. 공적인 일들이 사적으로 처리되는 현상이다. 불평해 보았자 약자의 푸념으로 들렸다. 나는 바쁘다는 핑계로 각종 모임을 외면했다. 당연히 소속된 동창회 또는 이와 유사한 모임도 갈 기회가 드물었고 적극적으로 참여하지도 못했다. 사회성이 없다는 핀잔도 받았다.

이제 사회생활도 적어지고 갈 데도 많지 않아 어릴 때 친구들의 모임에 기웃거린다. 동창회에 빠지지 않고 나가고 동호회 모임에 참여하려고 노력한다. 새삼스럽게 나가니 오래된 모임에는 나갈 수 없다는 것을 알았다. 학교 다닐 때부터 우의를 다지며 정기적 모임을 가져 왔거나, 사회에 진출해 비슷한 수준에 있는 친구들끼리의 모임에는 같이할 수 없다.

이제 새삼스럽게 지역 모임, 동호회 모임까지 부지런히 나간다. 그것도 모자라 새로운 모임까지 만드는 데 동참한다. 취미와 즐기는 것을 함께 하고 싶어서인 모양이다. 이러한 내가 이상하다고 느낀다. 이제 칠십을 넘었다. 이러한 사람들이 자기의 의사에 반해 행동하기는 어렵고 그 모임을 배경으로 자기과시는 더더욱 어렵다. 때문에 순수 자기의 의사로 즐기는 모임이 될 수 있어서 좋은 것 같다.

많은 모임을 수용하고 생활하니 빈 날이 그리 많지 않다. 다른 약속을 잡기 힘들다. 백수가 과로사 하겠다는 말을 공공연히 한다. 실속 없이 바쁘다. 그러나 나는 행복하다. 갈 데가 있고 반기는 사람이 있고 즐거운 시간이 있으니까.

어느 날의 하루

나는 영화를 즐겨 본다. 주연 배우 위주로 영화를 골라 본다. 그 사람의 얼굴과 행동을 보는 것만으로도 즐겁다. 화면 속의 풍광이 현장보다 아름답게 느껴지곤 한다. 전문가보다 더 좋은 영화를 엄선해 보여 주는 씨네 팅. 오늘 그들이 선택한 영화를 그들과 동시에 볼 수 있다는 만족을 느끼면서 모였다. 이십여 명의 우리 일행이 관객의 태반이다. 숨죽이며 영화에 빠졌다.

점심의 선택은 정동 터줏대감에게 부탁하였다. 이층 넓은 홀을 우리가 독차지했다. 미각도 떨어지고 양도 줄어 적당한 가격의 음식을 누구와 같이 먹으며 주위를 별로 의식하지 않고 떠들 수 있는 장소라면 먹는 즐거움이 배가 된다. 남자는 불고기에 소주, 여자는 국수전골. 영화 이야기, 어제 이야기, 아이 이야기 등 한이 없다.

식사 후 적당히 무리지어 흩어졌다. 여학교 앞을 지나며 학창시절 한 번쯤은 있을 법한 일들을 들춰내며 웃었다. 교회 앞 사거리의 사람을 납작하게 눌러 놓은 금속 조형물을 보며 상상을 보탰다. 그리고 로댕의 조각전을 감상했다. 지식이 별로 없어 그냥 둘러보는 정도다. 교과서에서 보던 것을 가져다 볼 수 있다는 것이 또 다른 만족감이 된다. 덕수궁 돌담길을 걷는데 수문장 교대의식이 진행된다. 수십 명이 창칼을 들고 말을 따라 행진한다. 북을 치며 엄숙한 의식이 진행된다.

그냥 헤어지기 섭섭하여 전통 찻집에 갔다. 작은 대접에 가득한 십전대보탕에 생밤, 해바라기 씨, 은행, 건포도를 곁들여 즐거움을 더했다. 넉넉하고 후덕한 주인아줌마가 있어 더더욱 좋다. 학술원 회원의 해박한 지식이 우리의 지적 욕구를 충족시켜 준다. 행복감이 가득하다. 이러한 행복을 적극적으로 전파하고 있는 친구가 있어 더더욱 행복하다.

새로움과 배움

운동에 예의를 갖추다

운동을 하면 부수적으로 우월감을 맛보며 쾌감을 느낀다. 이러한 감정의 내재가 운동에 더 빠지게 하는지 모른다. 이러한 묘한 심리 탓에 남들이 쉽게 접할 수 없는 운동을 함으로써 스스로 우월적 신분의 사람으로 생각한다. 본인은 그러하지 않다고 해도 일반적으로 그런 운동을 접할 수 없는 사람의 눈에는 그렇게 보인다. 아이스하키, 승마, 스키, 골프, 요트, 펜싱 등 장비와 수강료가 많이 드는 운동을 쉽게 접할 수 없는 운동으로 생각했다. 그리고 그런 운동을 하는 사람을 부러워했다.

사회생활을 하면서 다른 측면의 운동이 있다는 것을 알았다. 자신의 사회생활에 도움이 되는 운동으로 몰리는 경향이 있다는 것을. 자신의 적성 취미를 무시하고 필요에 의해서 하는 운동이 유행

같이 번졌다.

　내 경우 직장상사가 등산을 좋아하면 모두가 등산이요 테니스를 좋아하면 모두가 테니스다. 상사의 주위에서 맴돈다. 어느 사이 그들끼리 하나의 이해집단으로까지 발전되었다. 골프가 들어왔다. 누구나 할 수 없는, 어느 수준 이상의 계층에서 즐길 수 있는 운동으로 공직 사회에서의 골프는 여러 양태로 표현되었다. 일정 계급 이상의 경제력 있는 사람만이 할 수 있다. 정권마다 그 기준을 달리했다. 치고 싶어도 칠 수 없는 사람의 불평이 늘면서 은밀히 치는 경우가 많아졌다. 점점 확산되면서, 치면서 떳떳치 못하고 못 치면 못난 사람 같고 주말마다 골프에 바쁘고 주초에는 골프 친 이야기에 바쁘고 주중엔 골프 준비에 바쁘고… 온통 골프에 바쁘다.

　여러 가지 비판적인 이야기를 하면 못난 사람이 성공한 사람을 질시하는 것이라고 단정 짓는다. 사회 각 분야에서 성공한 사람의 휴식처이며 상담처이고 거래처가 되었다. 노후에 유유히 골프채를 휘두르며 한가로이 잔디밭을 걷고 있는 훌륭하고 행복한 노부부를 상상할 때 나는 그러지 못한다는 열등감에 젖기도 한다.

　이러한 나에게도 선망의 운동이 찾아왔다. 서설회란 스키모임의 하계훈련으로 등산 가는 데 따라다녔다. 등산 후 저녁 시간에 스키 예찬에 정신이 없다. 스키 철이 다가오면 들떠 있다. 나하고는 거리가 있다고 생각하고 있었지만 내심 하고 싶어진다. 60대 때 하다 그만두어도 별 후회스럽지 않을 범위에서 시작했다. 친구들의 친절한 안내와 강습, 설원의 상쾌함, 작은 두려움과 설렘 모두 한데 어울려 나도 모르게 몰입하였다. 모든 것을 잊게 한다. 오직 설원의 나만 있다. 늦게 새로운 것이 있다는 자체가 행운같이 다가왔다. 내 개인적 가치 기준으로 평가했던 것을 부끄러워한다.

즐기는 운동은 자기의 시각으로 평가하고 폄하하고 비난해서는 안 된다는 것을 깨닫는다.

그래왔던 나로 인해 마음 불편했던 모든 사람에게 사과해야 하리라.

스키장에서

60대 중반에 시작하였다. 막상 시작하니 높은 데에 대한 공포감, 자신의 몸을 자신이 마음먹은 대로 통제하지 못하는 불안감, 잘 타는 사람에 대한 열등감, 이런 모든 것이 복합하여 스키를 벗어 버리고 싶었지만 친구들의 열정 어린 지도와 격려 그리고 잠재된 묘한 재미에 계속 탄다. 시작할 때의 작은 목표는 달성되었다. 분수를 지키며 타는 일만 남았다.

70대에 접어들어 오늘도 스키를 탄다. 리프트에 올라 깊은 숨을 쉬면 차고 맑은 공기가 폐 속 깊게 들어오는 상큼함, 스키와 보드가 어울려 활력이 넘치는 모습을 보며 나 자신도 저 속의 일부라는 동질감, 이 모든 것이 스키에 빠지게 만든다.

고집스럽게도 자기 코스에서 주로 탄다. 해발 700m지점에서 곤돌라를 타고 1,450m 지점에서 내려 스키를 타고 내려온다. 6km 가까이 되는 거리를 변화가 있는 경사와 굴곡 그리고 설질에 익숙해져 자연스럽게 타고 내려온다. 오직 타는 데 집착한다. 내려와서 다시 곤돌라에 오른다. 곤돌라에서의 20분. 여럿이 재미있는 대화 속에 묻히거나 혼자 사색 또는 휴식에 빠진다. 다시 타고 내려오면서 폭설이 내리거나 바람이 심하게 불어도 주변의 경관을 둘러보는 여유까지 부려 본다. 10분 가까이 스키에 몸과 함께 즐거움과 만족감을 싣고 달린다.

스키는 나이를 잊게 한다. 안전보호 장구를 하고 얼굴까지 마스크로 가려 피부가 노출된 부분이 없다. 누구인지 식별할 수 있는 것은 복장과 외형적 체형 그리고 태도다. 어른 행세를 해서도 안 되고 대접받기를 원해서도 안 된다.

남녀노소가 동락하고 있다. 다만 나이가 들면 몸의 민첩성이 떨어지고 균형 감각이 무디어지고 시력이 감퇴되어 설면의 상황에 대처 능력이 떨어진다. 따라서 위험 요소는 증가한다. 스스로 자신을 보호하며 타야 하는 지혜와 자제력을 요구한다. 스키는 생명 연장 수단은 아니고 몸을 활력 있게 유지할 뿐이다.

나에게 스키를 타게 만든 고등학교 동기 모임인 서설회는 벌써 십 수 년이 된다. 어느 사이 용평의 명물이 되었다. 매주 2박3일 스키 합숙은 쌀과 밑반찬을 들고 와서 헌신적 봉사로 생활한다. 학창시절 운동부의 합숙 훈련보다 훨씬 재미있고 즐겁다. 스키 탈 때는 서로 잘못된 점을 지적하고 바로잡아 주며 격려하고 무리를 지어 스키장을 누빈다. 저녁이면 식사 준비에 부산하고 식사 후에는 간단한 주류와 음료를 들며 어제, 오늘, 내일의 이야기에 목청을 높인다. 피곤함이 몰려오면 슬금슬금 자기 방으로 들어가 잠을 잔다. 매일 반복되는 행동과 이야기. 거쳐 간 회원만 20여 명. 지금은 10명이 함께하기 힘든 나이가 되었다.

12월의 첫날 10-11시즌 공식적인 개막이다. 사정이 허락하는 회원 열 명 가까이 스키를 시작했다. 장비를 점검하고 몸의 상태도 확인했다. 저녁에는 푸짐한 음식과 함께 준비해 온 맥주, 포도주, 양주를 건배하며 덕담과 함께 스키 이야기에 끝이 없다. 분위기는 고조되었다. 이번 시즌에는 해외 스키여행도 실행에 옮기자고 의견을 모았다. 탈 수 있는 기회가 점점 줄어들고 있는 현실을 안타까워하며 탈 수 있을 때 마음껏 즐기자고.

스키를 탈 수 있는 여건에 있는 내가 고맙다. 오늘의 내가 있게 해준 모든 사람에게 고맙다. 이제 마지막 만든 취미에 빠져 행복하고 즐겁게 살고 싶다.

컴퓨터 시대에 살면서

문명은 생활을 편리하게 해준다. 우리가 상상으로 그려 오거나 망상으로 여겼던 일들이 현실이 되어 우리 옆에 있다. 직장에서 행정이 기록과 기억 그리고 분류 편철되어 보관하여 그것을 계속 반복하던 시절에서 모든 지식과 자료가 기계에 보관되어 찾아서 처리하는 절차와 방법까지 기계가 하여 사람의 영역이 줄어들게 되었다. 이것을 따라가지 못하는 사람은 업무 수행 능력이 없어지고 새로운 지식을 갖고 있는 사람들에게 도태되는 상황을 맞는다. 이제 이러한 지식이 없는 사람은 문맹이나 다름없어진다. 새롭게 이러한 지식을 습득하는 것조차 쉽지 않아 일을 놓고 여유롭게 살고 싶어 자의 반 타의 반 은퇴를 한다.

이제 아무것도 하지 않아도 새로운 지식 없이는 생활을 할 수가 없다. 집에서 TV를 보려 해도 기계가 복잡하고 전화도 가지각색이다. 은행을 이용해 금융 거래도 하기 힘들다. 지하철은 따로 표 파는 곳이 없이 기계의 화면에서 지시하는 것을 따라 해야 하는데, 힘들어 짜증이 난다. 어느 하나 편리한 것이 없다. 사람을 붙잡고 물어볼 데도 없고 물어보아도 대답을 알아들을 수 없다.

이제 새로운 지식을 거부하고만 살 수 없다. 컴퓨터에 앉아 이것저것 시도해 본다. 우리 세대는 기계를 막 다루면 고장이라도 날 것 같아 접근하길 두려워한다. 모든 지식이 컴퓨터에 내재되어 무엇이든 알 수 있는 세상. 간단히 열어 보려 한다. 이곳저곳에서 배운다.

아이들에게 배워 보려 시도하지만 아이들은 잘 이해 못하는 부모를 가르치는 어려움 때문에 피하거나 짜증을 내고 부모는 성실하지 못한 아이에게 섭섭해한다. 어쩌다 불가피한 사항이 생기면 아이들에게 시킨다. 그러나 자신들의 생활이 있는 아이에게 매번 시킬 수도 없다. 직접 배워야 한다. 구청이나 공공기관의 컴퓨터 강습에 나가기도 하고 동문들의 동호회를 만들어 서로 끌어가며 자신의 지식을 전달한다.

나는 학교 동창의 모임 중 인동회(인터넷 동호회의 약칭)라는 곳에 다닌다. 매주 금요일 동창회 사무실 여러 대의 컴퓨터 앞에서 자신이 일주일 동안 컴퓨터를 하다 어려웠던 경험을 통해 토론식 교육을 한다. 그리고 실습을 통해 해결하고 집에 가서 다시 한다. 몇 년을 반복하니 인터넷을 열고 궁금 사항을 검색하고 메일을 주고받으며 홈페이지에 글을 올리는 수준까지는 갔다. 좀 더 욕심을 부려 사진을 찍어 내 그림에 올려 두고 보며 좋은 사진은 메일로 전해 같이 보거나 인화하는 곳에 보내 인화해 사진첩에 정리하기도 한다. 내 생활 중 중요한 부분이 되었다.

금융 거래도 은행원과 머리를 맞댈 필요 없고 극장 기차표까지 예매한다. 단지 나이가 들어 속도가 느려지고 한번 잘못하면 처음부터 다시 시작해 계속 반복하다 보면 조그만 일에 하루를 소모하는 비효율성으로 짜증스러울 때가 많다.

이제 전화도 다양해진다. 단순하게 전화번호를 외워 가까운 사람

안부나 묻고 일을 처리하였던 것이 무슨 기능이 그리 많은지 못 하는 것이 없다. 나는 그러한 복잡한 기능을 따라가지 못해 거부하는 자세로 살았다. 단순한 구형 전화기를 들고 다녔다. 기능이 좋고 편리한 새로운 전화기가 계속 출시된다. 어제의 것이 구형이고 내일 새로운 기능이 나온다고 한다. 기다리다 아무것도 쓸 수 없다. 결국 동참하여 새로운 편리한 것을 사용해야 하는 모양이다.

오늘도 머리가 아플 정도로 새로운 문명에 적응하려고 노력한다. 그리고 손자들의 대화에 끼어들 수 있는 할아버지가 되려고 노력한다.

인동회 모임 금요일 오후. 시끄럽다. 각자 자기의 지식을 알기 쉽게 전달하려고 노력하고 새로운 문명 문화를 얻어듣고 다른 데 가서 아는 척하려는 자세가 가득하다. 그리고 자신이 살아온 역정에서 터득한 지식을 서로 나누며 즐거워한다. 끝난 다음 뒤풀이로 해물탕 집 예쁜 주인아줌마의 친절을 소주와 함께 먹으며 큰 소리로 마음껏 떠든다. 우리를 탓하는 사람 없고 우리도 의식하지 않는다. 즐겁다. 행복하다. 새로운 것을 하나라도 알고 간다. 돌아서면 곧 잊을지 몰라도.

일본을 배우자

남은 삶을 건강하게 살고 싶다. 신체적 건강을 위해 산에 오르며 스키를 타고 매일 걷는다. 그리고 취약한 부분에 대하여 약도 먹고 관리에 최선을 다한다. 정신적 건강에 대해서는 걱정은 하면서 특별히 하는 것이 없다. 머리를 훈련하여 기능을 최상의 상태로 유지할 수 있는 방법이 무엇일까 하는 고민 정도이다. 공부가 가장 좋은 방법이라고 조언한다.

일본의 대지진에 대해 관심이 많다. 어떤 면에서 당사국만큼 요란한 반응이다. 일본 사람들에 대한 관심, 그들의 문화, 그리고 우리와의 관계를 생각하게 된다. 잠재된 상대적 열등감의 표현으로 그들을 정당하게 평가하지 않고 적대시하며 살아왔던 것이 아닌가 반성하게 된다. 그들도 넉넉한 사람의 아량으로 우리를 대하다 이제 와서 이해를 달리하는 경쟁자로 태도를 바꾸고 모든 면에 억지를 쓰며 민감한 감정을 보인다.

이제 좁아지는 세계 속에서 이웃 일본은 우리의 한 부분같이 다가온다. 2000년대에 관광 목적으로 일곱 번이나 일본을 갔다 왔다. 한류 문화가 그들을 열광하게 하고 서울의 지하철에서 교통 안내도를 들고 기웃거리는 일본 관광객과 명동 그리고 백화점에 넘치는 일본 사람을 본다. 이제 그들과 우리의 소통의 시대를 부인할 수 없다. 일본 사람이 우리의 말을 하는 데 주저하지 않고 우리가 그들의 말을 배워 그들에게 다가가야 할 시대인 것 같다.

여러 차례 일본 여행 중 한 마디의 일본말도 모르고 다닌 것이 부끄러워진다. 이제 될지 모르지만 때늦게 배우고 쓰고 싶다. 정신적 건강을 유지하는 방편으로라도. 동창회에서 일본어 강습을 추진하고 있다. 반가웠다. 적극적으로 동참하고 협조하고 싶다. 나와 같은 생각을 하고 있는 친구들이 있을 것 같은 생각이 든다. 우리를 이끌 주도적 역할을 할 사람을 찾고 교재를 선정해 공부해 어떤 성과를 얻고 싶다. 어떤 수준에 이르면 그들에게 다가가 우리의 마음을 열고 우리와 함께 어울리며 살 수 있는 사람이 되고 싶다. 나의 작은 소망이 이루어졌으면 한다.

말하기와 글쓰기

사람은 자신의 생각과 감정을 표현하는 수단으로 말과 글을 쓴다. 사람만의 특권과 능력이다. 돌을 지나 말을 배우고 학교 다니기 전후로 글을 배우기 시작한다. 개인의 능력에 따라 조금은 달라지기도 한다. 인종과 지역에 따라 말과 글이 달라 더 많은 사람과의 소통을 위하여 더 많은 종류의 말과 글을 배우기도 한다.

나는 평범하게 우리말과 글을 배우고 다른 말과 글을 배우는 데 참여했지만 결국 실패했다. 우리말도 적절하게 구사하지도 못한다. 깊은 생각 없이 나오는 대로 말하다가 당혹스러운 때가 많았다. 사회생활을 하면서 말이 얼마나 어려운지 실감하고 말을 아끼고 듣는 경향이 많았다.

글도 배우고 익혀서 보는 것으로 만족하고 쓰는 데 힘들어 했다. 꼭 글을 쓰는 경우인 시험에서도 답안지 작성에서 논리성이 부족하고 편지를 써도 상대방의 설득과 감동에 실패했다. 말하기, 글쓰기 모두가 힘든 모양이다.

이제 이해관계 있는 사회생활에서 한 발짝 물러서면서 말과 글을 자유스럽게 할 수 있는 입장이 되고 과거를 둘러보면서 자기반성과 변명이 필요한 때가 되었다. 자연히 말이 많아진다. 기억력이 흐려져서 같은 말이 계속 반복되고 내용도 정확하지 않다. 고집을 부리고 우기기도 한다. 변명이 자랑으로 변질되기도 한다. 반성은 부끄러움이 되어 꺼내지도 못한다. 말은 가슴에서 우러나와 머리에서 정리해 신중하게 입으로 나와야 하는데 즉흥적으로 튀어나오는 경향이 있다. 상대방이 불쾌해하거나 상처를 받을 수 있다. 말 많은 자신이 부끄러워진다.

글은 쓰기가 어렵다. 오늘의 내 생각과 일들을 정리해 글로써 이야기하고 싶어진다. 남이 보는 글을 쓰면 정직한 글이 되지 못하는 것 같아 불만스럽다. 그러나 글은 여러 번 생각하며 쓰게 되고 잘못 쓴 것은 고치게 되고 신중해져 다른 사람에게 상처를 주는 일은 드물 것 같다. 자신을 과신하고 제자랑 제멋에 들떠 있을 수는 있어도.

주위의 친구들도 글을 써서 보여 주고 있다. 시, 소설, 수필… 책으로 엮어 내기도 한다. 이런 환경과 이런 생각에 글을 쓰게 된다.

쓴 글을 보여 주고 싶어진다. 글을 올린다. 글 읽은 사람이 덕담으로 칭찬도 해준다. 기분도 좋아진다. 그래서 더 쓰고 싶다.

말은 줄이고 글은 늘리고.

문화를 이해할 수 있다면

나는 음악에 대해서 아는 것이 별로 없다. 음악 하면 여러 분야가 있지만 가장 가까이 있는 것이 노래인 것 같다. 말은 하는데 노래는 못한다. 음정이 전혀 맞지 않고 박자를 맞추지 못한다. 내가 부르면 내 소리가 들리지 않고 등에서 식은땀이 흐르고 듣는 사람이 웃음을 참지 못한다. 술자리에서 젓가락 장단도, 운동장에서 박수 구호도 못 맞춘다.

뒤에 집사람의 진단에 의하면 들을 줄 모르는 데서부터 원인이 있다고 한다. 음악을 들은 적이 없다. 그 흔한 라디오가 우리 집에는 없었다. 친구 집에 가서 축음기라도 보면 격이 다른 집 아이 같아 보였다. 자연히 소리와 거리가 생기고 음악을 들을 줄 모르고 상식이 전혀 없다. 책을 읽고 공부를 할 때 음악이 흘러나오면 정신이 산란해져 끄곤 한다. 학창시절 친구에게 이끌려 비싼 연주회에 갔다가 지루함에 힘들어 했던 기억도 있다.

이러한 나에게 크나큰 사건이 생겼다.

어울리는 친구 중 음악에 대단한 열정을 갖고 있는 친구가 있다.

예술의 전당 영상 음악 감상실에서 정기적으로 오페라 감상을 하자고 한다. 집사람의 적극적 찬동에 음악 영화를 본다는 생각에 참여했다. 전문가 못지않은 풍부한 지식으로 작곡, 지휘, 가수 그리고 극장과 악단을 고려, 작품을 엄선해 감상하였다. 어눌하지만 좋은 목소리로 작품을 해설하여 신뢰를 주며 지식과 감동을 안겨 준다. 귀를 열고 시선을 떼지 않고 몰입한다. 자기최면을 걸며 감상에 집중한다.

뒤풀이 장소에서 이런 행사를 정례화하기로 하고 주관하는 친구를 회장으로 모시고 모임의 이름을 문화를 이해하거나 이해하지 못하는 사람의 모임이라는 신시대의 표현 방식으로 '무니모'라고 하기로 했다.

다양한 문화 중 오페라를 감상하는 것도 문화의 한 부분으로, 이를 이해하려는 노력도 중요하다고 생각하여 전적으로 동감했다. 이제 삼 년여에 걸쳐 스물세 곡을 감상하기에 이르렀다. 그사이 변할 수 없을 것 같던 내 머리와 가슴에도 변화가 오는 것을 느꼈다.

사람의 목소리가 참으로 아름답고 훌륭한 악기라는 생각이 든다. 합창과 독창이 가슴을 울린다. 유명한 작곡가의 말처럼 음악은 사람의 마음을 감동시켜야 한다는 것을 이해할 것 같다. 이제 무대의 의상이나 율동, 대사보다 음의 아름다움이 더 마음을 파고드는 것 같다. 눈을 감고 이 시대의 가장 훌륭한 극장에서 호화 출연진의 오페라를 감상하며 감동에 젖어 있는 나를 상상한다. 변할 수 없는 여건에서도 변해 가는 것을 본다. 변하려는 노력만으로도 값진 것이다.

이제 자기를 형성한 것 중 마음에 들지 않는 것은 내려놓고 자신이 바라고 동경하던 것으로 채워 보려는 노력을 하고 즐거움을 갖고 살고 싶어진다. 가능한 작은 것으로부터.

사진을 보며 생각하다

빛바랜 사진을 보면서 희미한 기억을 더듬으며 추억을 되살린다. 그리고 그때의 상황에 상상을 더하여 재구성한다. 사진만이 갖는 묘한 매력에 빠진다. 소풍이나 수학여행 가서 찍은 사진에서 자신의 모습을 찾고 있다. 선뜻 잡히지 않을 때가 많다.

내가 어렸을 때는 사진을 찍어 준다면 기쁘게 응했다. 찍힐 기회도 드물었고 찍은 사진 받아 들기도 어려웠을 때였다. 학창시절 친구들과 어깨동무하며 폼 잡고 있는 사진이 한두 장 보일 뿐이다. 사회생활을 하면서 각종 모임 행사에 배경이 되어 있는 자신의 모습을 사진을 통해서 본다. 자신이 생각하는 자신의 모습과 동떨어진 자신을 사진을 통해서 볼 때, 그 이후부터 선뜻 화면 속으로 들어서기 꺼려진다.

이런 내가 사진에 관심을 갖기 시작했다. 스포츠 사진의 생동감과 박진감 그리고 감동, 여행사진의 이국적 풍경과 풍물, 각종 삶 속의 인간군상, 잘 연출된 예술사진, 멋있는 사진….

이러한 사진들의 매력에 흠뻑 빨려 들었다. 나도 사진을 찍어 보고 싶어졌다. 좋은 풍광도 찍고 자라나는 아이들의 성장 과정도 기록으로 남기고 싶고. 적당한 가격의 성능이 괜찮은 사진기를 구입해 찍기 시작했다. 내 생각대로 사진이 나오지 않는다. 늘 불만이다. 내가 생각하는 사진과는 거리가 있다. 비용도 만만치 않다. 찍힌 사람도 불만이 많다. 실물보다 못하다고 한다. 그래도 꾸준히 찍었다.

나이가 들어 시간도 있고 정리도 해야 할 시점에 이르렀다. 여기저기 흩어져 있는 사진들을 정리하기 시작했다. 체계적으로 분류해 사진첩을 정리하며 옛일들을 회상하였다. 사진들의 처분이 걱정되었다. 어떤 친구들은 대부분 폐기했다고 한다. 그러기는 싫다. 내 삶을 파기하는 것 같은 기분이 들어 그런대로 보관하기로 했다. 아이들 사진은 자신들이 보관하라고 했는데 별 반응이 없다. 이런 아이들이 뒤에 남은 사진들을 부담스럽게 생각할 것은 분명한 것 같다.

그대로 사진은 계속해 찍었다. 여행을 가면 곧 잊어버릴 것 같은 풍광을 담고 싶고 갔다 온 증거라도 남길 양으로 여기저기에서 사진을 찍게 된다.

손자의 재롱과 성장도 기록하고 싶다. 카메라가 좋아져 필름도 없어지고 컴퓨터에 내장되어 수시로 보게 되고 현상 인화 절차도 간단해져 전문회사에 메일로 보내면 좋은 사진이 되어 집에 배송되어 온다. 사진기는 점점 좋아지고 있다. 거의가 자동화되어 적당한 구도에 셔터만 누르면 좋은 사진이 되어 나온다.

피곤한 것은 사진을 찍히는 사람에 문제가 있다. 이제 마음에 들지 않는 모습을 남기지 않으려는 마음 때문인지 카메라 렌즈만 대면 외면하기 일쑤다. 호의가 무안해질 때가 많다. 이해되지 않는 것은 어린 손자까지 사진 찍지 말라고 외면한다. 예쁘게 찍어 줄게 하며 연출이라도 할 양이면 말을 듣지 않고 제멋대로다. 이제 내 의도대로 사진 찍기는 틀린 것 같다.

아이들에게 인쇄된 사진첩 하나씩만 남겨 줄 계획인데 벌써 해버렸다. 또 만들어 주면 내가 기대하는 반응이 나오지 않아 실망할 것 같다. 하지만 마지막 나의 소망은 손자들의 자라나는 모습을 담은 사진첩을 더 만들어 주어 먼 후일 할아버지가 만들어 준 사진첩을 보며 할아버지를 기억하게 하는 것이다.

새로 카메라를 구입해 사용법을 열심히 배우고 있다. 손자의 사진을 조금이라도 멋지게 꾸미고 싶어서.

세상 밖 풍경

만 원의 행복

노인들에 대한 사회복지에는 여러 가지가 있다. 그중 가장 실감하는 것이 전철의 무료 이용이다. 처음 지하철을 이용하던 시절보다 전철망이 확대되어 수도권의 어느 곳이든 자유롭게 이용할 수 있게 되었다. 지난해 말 회식자리에서 경춘선 개통으로 춘천까지 무료 이용이 가능하니 연초 모임은 춘천에서 하자는 제안이 나왔다. 춘천의 대표적 전국 음식인 막국수와 닭갈비를 맛보자는 이야기다.

새해 둘째 주 첫날 11시 상봉역. 노인들로 붐빈다. 할머니, 할아버지가 무리를 지어 몰려다니며 일행을 찾으려고 부산하다. 여섯의 일행을 찾는데도 수없이 전화를 한다. 한 친구가 금정산 산성 막걸리를 구해 오느라고 늦었다며 나타난다. 모두 넉넉한 마음으로 받아 준다.

약속 시간보다 40분 늦은 차를 탔지만 즐겁기만 하다. 차창 밖을 보며 옛날로 돌아가 그때의 기억을 끄집어내어 이야기한다.

마석에 들어설 때 그곳 공원묘지에 묻혀 있는 친구를 생각한다. 가족이 의사와 약사인 환경에서 크고 자라며 생활해 의료 상식이 해박하고 누구보다 투철한 건강관리를 하며 살았는데도 일찍 생을 마감하여 우리를 안타깝게 했다. 삶의 길고 짧음은 의지로 되는 것이 아니라는 것을 절감하며, 건강한 삶과 깨끗한 죽음을 갖게 되었으면 하는 생각에 잠긴다.

청평에 들어설 때 고등학교 1학년 여름방학 끝 무렵 청평 유원지에 캠핑 와서 한밤 게를 잡는 현지주민을 방해했다고 역 인근의 고아원 아이들에게 협박당해 역으로 못 가고 청평 댐 발전소로 우회해 도망가다 발전소를 견학하던 일을 상기하며 즐거워했다. 그 경황 중 과학반을 사칭하여 융숭한 대접을 받기까지 하였다.

가평에서 남이섬을 보며 누구든 한때 있었을 법한 추억을 떠올리고 강촌역을 지날 때는 70년대 중반의 통기타 부대의 소란스러움을 밤새 감수해야 했던 일들이 떠오른다.

생소한 김유정역의 역사를 보며 훌쩍 내리고 싶은 유혹을 떨쳐버리고 춘천에 도착했다. 역 앞 택시가 즐비하다. 택시 기사가 닭갈비집을 안내한다. 시내에는 복잡해서 기다리고 손님 대접을 못 받는다고 외곽의 아늑한 곳으로 안내했다. 조금 불안하기는 했지만 여섯이 오붓하게 자리했다. 닭갈비 5인분을 시켰다. 뼈 없는 닭살을 넓적하게 썰어서 잘 양념해 철판에 익혀 준다. 갈비는 둘째 치고 뼈조차 없는 닭살을 닭갈비라고 부르는 자체가 이상했다.

갖고 온 산성 막걸리는 가장 전통적인 기법으로 빚은 고유 술이라고 자랑한다. 한 친구는 상해에서 갖고 온 가짜 천국 중국에서조차 만들지 않는 가장 싼 진짜 고량주라고 설명하며 내놓는다. 종업원에게 양해를 구하고 소주만 곁들여 각자의 주량에 맞게 취하며 즐겼다.

즐겁고 즐거운 시간이다. 학창시절 이야기는 끝이 없다. 사회적으로 성공한 친구도 사회 이야기는 없고 초등학교 시절 상장 받던 때를 그리워하고 자랑했다. 철판을 닦아 내고 밥을 볶아 먹고 자판기 커피를 뽑아 마시고 일어섰다.

춘천역으로 돌아와 상경하는 기차를 탔다. 경로석 여섯 자리를 점령하여 주제 없는 이야기에 목청을 높인다. 다른 사람들을 의식하고 목소리를 낮추다 어느 사이에 다시 높아진다. 옆의 젊은 사람들도 이해해 줄 정도의 예의를 갖추려고 노력했다. 행복한 노인으로 보일 정도의 품위 유지에 신경을 썼다.

출발지 상봉역에 도착했다. 전철을 갈아타고 각자 저녁 약속으로 흩어진다.

일상으로 돌아간다. 행복한 하루다.

만 원으로. 만 원의 행복.

세무조사를 할 때 장부에 의한 서면 조사보다 사실 행위의 진위 여부가 중요하기 때문에 중요 사항에 대한 현장 확인이 필수적이다. 탄광을 조사하게 되었다. 정선 태백의 700m 내외의 고원지대에 산재해 있는 석탄광이었다. 생산량은 감소되고 탄질은 떨어지고 비용은 기하급수적으로 늘어 규모를 줄이거나 폐광을 고려하는 시점이었다. 광부들은 떠날 수 있는 여건이 되는 사람은 떠나고 그럴 수 없는 사람만 남았다.

현장 책임자의 안내로 장비를 갖추고 갱도에 들어섰다. 기구를 이용해 수직으로 내려가고 수평으로 이동하기를 반복해 미로 같은 갱도 속을 다닌다. 안전시설이 불완전하고 물이 떨어져 흐르는 모습에 곧 무너질 것 같은 불안감이 밀려든다. 안내하는 사람에게 이것저것 물어보며 긴장감을 풀었다.

얼마나 깊이 얼마나 걸려 왔는지 인식도 없는 사이 막장에서 채탄하고 있는 광부를 만났다. 후끈거리는 열기와 답답한 호흡은 머릿속 질문 사항을 잊게 한다. 그들의 선량한 눈망울에 비친 내 모습이 오만하거나 연민의 정으로 보고 있는 것같이 보일까 두려워 필요 이상의 공손한 태도를 취하고 한마디도 묻지 않고 돌아섰다.

한 시간 만에 지상으로 올라서면서 그들의 가슴속 깊이 있는 한과 석탄가루를 생각하며 우울했다. 오래전 그들의 절규였던 사북 사태를 긍정적으로 인정하게 된다.

우리나라에서 가장 오래되고 큰 카지노를 조사 관리하는 위치에 있었다. 조사하면서 현장 확인을 하려니 내국인은 영업시간에 출입할 수 없다고 거절한다. 불쾌하다. 끝까지 들어가려다 실익이 없다고 판단하고 물러섰다. 책임자는 미안하게 생각했는지 여러 가지 이유를 들어 설명했다. 그중 단정적으로 말하는 이유 하나가 우리나라 사람은 도박을 할 자격이 없다는 것이다. 이야기는 이러했다. 카지노는 확률의 게임인데 그 확률은 회사가 이기게 되어 있다. 마지막은 회사의 승리다. 그런데 우리나라 사람은 끝장을 보아야 일어선다. 끝장은 모든 것을 잃은 상태다. 이런 사람을 상대로 영업을 하는 것이 힘들어서 회사 스스로 일부 출입이 허용되던 내국인의 출입을 금하는 조항에 적극 동의하기에 이르렀다고 한다. 우리 모두를 비하하는 듯한 발언이 불쾌했지만 이해했다.

탄광촌은 폐허가 되어 가고 있었다. 주민의 대부분이 떠나고 있다. 탄광업자는 업종을 전환하거나 그러지 못한 사람은 엉거주춤하고 있다. 크게 사회 문제가 되고 지역 문제로 되면서 정부의 개입이 불가피하게 되었다. 정부 종합대책의 일환으로 사북지역에 강원랜드라는 영리 법인을 설립하여 내국인 출입이 허용되는 카지노를 운영해 지역경제를 살리겠다고 발표했다.

씁쓸하였다. 이것만은 아닌데 하는 생각이 들었다.

세월이 흘러 카지노가 준공되어 영업이 활성화된다고 그곳에서 사업을 하는 친구가 초대하여 놀러 갔다. 들어가서 이곳저곳을 둘러보고 단순한 게임을 하며 돈이 쏟아지기를 기대하며 돈을 넣었다. 반복해 돈이 도는 재미가 제법이다. 무료로 제공되는 음료로 배를 채우며 단위를 낮추어 시간을 오래 했다. 이렇게 하여 점점 빠지게 되는 모양이다. 하지 말아야지 하면서 1년에 두 번 정도는 즐기고 온다.

지역 경제를 활성화한다는 당초의 약속은 어디로 갔는지 황량한 산에 카지노 건물만 덩그렇게 서 있고 주변에는 전당포만 즐비하고 거리는 썰렁하게만 느껴졌다. 도박 중독증 환자는 격증하고 심지어 공직자까지 출장을 명분으로 도박장에서 밤을 새우는 지경에 이르렀다. 몇 년 전부터 수입금액이 1조 원 시대에 들어섰다고 한다. 1년에 1조 원의 돈을 쓰고 나왔다는 이야기다.

돈을 잃은 한 사람 한 사람 얼마나 많은 사연과 불행이 있었을지 상상이 간다. 이제 이런 부정적 요소를 줄이려는 듯 사업의 영역을 넓히고 있다. 종합 레저타운으로 거듭나기 위해 스키장을 만들고 골프장을 열고 숙박 시설을 확충하며 황량한 산에 아름다운 조경을 하기 시작했다.

스키장 개장 이후 시가지도 변모되어 숙박업소, 요식업소, 관련 상품 판매업소 등이 늘어 활력 있는 거리가 되고 있다. 부정적인 측면을 뛰어넘는 긍정적인 측면이 나타나기 시작하는 모양이다. 인내를 갖고 기다리면 개선 발전되어 갈 수도 있다는 것을 보여 주는 것 같다.

스키장을 하이원이라고 명명하였다. 지형에 맞춰 잘 설계된 슬로프와 각종 부대시설 그리고 풍부한 자금력에 따른 과감한 투자…만족할 만한 스키장이다. 더욱이 노인에게는 무료로 장비를 대여하고 스키장을 이용하게 한다. 몸만 가면 자신의 수준에 맞춰 하루를 즐길 수 있다. 스키를 타기 싫으면 곤돌라를 타고 여기저기 오가며 태백 준령을 감상하며 사색에 잠길 수 있고 카지노에 들어가 얼마간의 돈을 희사하고 즐거움을 느낄 수 있다.

눈이 오고 추운 겨울 어느 날 하이원에 갔다. 천 미터 고원의 앙상한 나뭇가지에 눈꽃이 곱게 피었다. 마른가지 밑동부터 눈이 얼음 되어 곱게 싸고 있다. 잔가지는 예쁜 얼음가지가 되어 햇빛에 반사되어 반짝인다. 그것이 모여 한 폭의 그림이 된다. 곤돌라를 타고 보는 설경에 취해 생각을 멈추었다. 황량하고 시꺼먼 물만 흐르던 폐광촌은 기억에서 떠난 모양이다.

잘 꾸며진 다양한 슬로프는 스키 타는 사람을 만족시킨다.

나는 나에게 맞는 슬로프에서 계속 탄다.

노인에 베푸는 특혜에 감사하며.

이제 하이원의 문화가 시작될 시점이 된 모양이다. 라스베이거스의 밤을 기억한다. 그리고 그들의 문화를 생각한다. 황량한 사막에 라스베이거스 문화를 조성한 미국 사람 못지않게 이곳 광산촌에 세계적으로 통할 수 있는 하이원의 문화를 창조하였으면 좋겠다.

접근성이 좋게 교통망을 정비하고 많은 사람이 먹고 놀고 즐기고

잘 수 있는 여건을 만들어 한국의 라스베이거스가 아닌 세계 속의
하이원이 될 날이 오는 꿈을 꾸어 본다.

국립 현충원을 산책하며

한 해 한 해가 다르다. 지병인 당뇨가 사람에게 겁을 준다. 꾸준
한 운동만이 방법이란다. 이제 운동 같은 운동은 점점 멀어진다. 걷
는 것이 가장 좋은 방법이다. 집 근처 서달산이 국립 현충원과 경계
를 같이하고 있다. 울타리를 개방하여 자유롭게 다닐 수 있다. 나는
이곳을 산책한다.

두 시간의 산책은 나에게 많은 것을 준다.

현충원은 오랜 기간 꾸준히 관리해 아름답고 경건한 공원이다.
특히 봄의 벚꽃의 현란한 아름다움과 가을의 은행잎이 떨어져 흩어
져 날릴 때 쓸쓸함이 가슴에 스며든다. 호국영령이 잠들고 있는 묘
지라는 생각이 들지 않고 목숨 바쳐 우리를 지켜 주신 분들이 아직
까지 우리를 지키고 있다는 친근감이 드는 곳이다.

이곳을 걸으며 생각이 많아진다.

처음 이곳을 조성할 때 이승만 대통령의 업적이라고 했다가 날카
롭고 예리한 친구에게 얼마나 한 일이 없으면 묘지 만든 것이 업적
이냐고 핀잔받은 기억과, 친구가 청룡부대 소대장으로 월남전을 마
치고 소대원의 묘소를 찾아와 살아 돌아온 자의 자괴감으로 슬퍼하

는 모습을 옆에서 지켜보며 위로했던 때가 떠오른다.

공군 소령으로 작전을 수행하다, 육군 군단장으로 업무를 수행하다 전투기, 헬리콥터 추락 사고로 순직한 두 친구의 묘소를 찾기도 한다.

아무 연고도 없는 묘를 기웃거리며 묘비명을 보며 그 사람의 삶을 나만의 상상으로 추적해 본다. 그리고 각각의 사람을 비교해 보며 계급의 높낮이를 떠나 그들의 숭고한 삶을 존경하며 경건해진다. 경내를 돌다 보면 세 분의 대통령의 묘소를 만나게 된다. 이 나라의 현재를 만드신 분들이다. 각각 독립하여 나라를 만들고 번영시켰고 민주화의 열매를 맺게 한 분들이다. 충분히 존경받고 위용을 갖추고 국민을 내려다볼 자격이 있다고 생각하고 경건한 마음으로 참배한다. 몇 년 다니면서 생각의 변화를 느낀다.

이곳 모두가 화장으로 규격화된 공동묘지인데 지극히 예외적 묘지가 있어야 되는지 앞으로 많은 대통령이 같은 입장이면 어떤 조치가 필요할지도 고민해야 할 시기에 온 것 같았다. 내 건강을 위해하는 산책에 이런 비약도 하게 한다.

이름 없이 이 나라를 지킨 진정한 애국자에게 감사하고 경의를 표한다. 현충원은 우리 역사의 발자취다. 그분들의 발자취가 우리의 역사이기 때문이다.

개인적으로 어려울 때 부모의 산소에 가서 하듯이 나라의 어려움을 호소하며 도움을 청하고 마음을 바로잡을 곳은 현충원이라는 생각을 한다.

오늘도 나는 깊은 생각을 내려놓고 현충원을 걷는다.

해외여행

직장의 한계로 해외여행은 할 수가 없었다. 가족도 특별한 일이 아니면 해외여행이 어렵다. 나는 해외여행은 할 생각조차 못 하고 살았다. 직장을 그만두고 첫해 등산모임에서 캐나다를 가는 기회가 생겨 따라나섰다. 부부의 첫 해외여행이었다. 김포공항을 떠나는데 가벼운 흥분과 설렘을 느끼며 기대에 부풀었다. 동경에 기착하여 외국 공항을 이리저리 둘러보며 자기만족에 빠졌다.

나이아가라, 로키 산맥, 아름다운 호반의 천섬 풍광. 역사성은 없지만 아름다운 도시의 풍광과 산야. 첫 해외여행의 만족을 충분히 느꼈다. 집사람과 의견의 충돌로 얼굴을 붉히기는 했지만 우리는 앞으로 매년 한 번씩 해외여행을 하여 지금까지 어렵게 살아온 인생을 보상받자고 약속하며 한국 땅을 밟았다.

이후 산우회에서 기획하는 여행 상품에 매년 따라다녔다. 말레시아의 키나바루 4,100m 정상을 밟았고 중국의 황산, 장가 계, 상해, 북경, 만주벌판, 백두산을 누볐고 일본 각지의 산과 온천을 다녔다. 중국 샹그릴라 여행 중 4,000m 가까이 헤매고 다니다 고산증에 시달리다 귀국하여 그 후유증으로 갑상선 항진으로 몇 년 고생하는 경험도 했다.

　유럽 쪽으로 동유럽, 서유럽을 관광 상품으로 가고 스페인과 터키, 그리스를 기획하여 우리끼리 관광하며 즐거워했다. 불어권 외교관과 특별한 관계에 있는 분이 특별한 여행을 가자고 한다. 튀니지 대사 부인이 특별히 자기 나라를 소개하고 싶어 특별한 사람을 모시고 안내하려는데 그 일원이 되어 함께하라는 것이다. 망설이다 가까운 친구들과 따라나섰다. 북단은 바다를 끼고 남쪽으로 사하라 사막을 안고 있는 튀니지는 오랫동안 프랑스 지배를 받다 독립한 나라다. 대통령의 장기집권이 계속되는 독재체제에, 특별한 자원이 없어 이웃 산유국에 비해 넉넉지 못하다는 느낌을 받았다. 그러나 회교국가라는 선입관에서 벗어나 여러 가지 일면을 볼 수 있었다.

　대사 부인은 열정적으로 자국을 안내하며 자랑하였다. 그의 언행이 애국으로부터 비롯되었다는 것을 알 수 있었다. 몇 시간의 버스로 로마 문화의 잔재를 보여 주고 옛 생활 모습과 사하라 사막의 체험으로 우리를 즐겁게 해주려 한다. 사막에서 유일하게 수확되는 대추야자의 맛을 자랑하고 음식을 맛보게 한다. 어떻게 보면 피곤한 여행이었지만 자신의 나라를 홍보하려는 대사 부인의 열정에 감동하여 즐거움이 더했다. 그리고 막연하나마 우리 대사 부인들을 상상해 보았다. 외교관의 파티, 그리고 화려한 생활만 상상하고 있는 우리는 우리 외교관들의 고충을 이해하도록 적극 다가서야 한다는 생각을 했다.

여행은 계속되었다. 뉴질랜드, 호주를 가고 하와이와 미국을 갔다. 홍콩과 태국을 다녀오고 베트남과 캄보디아도 갔다 온다. 일본과 중국은 이웃집 다니듯이 다니고 싶다. 이제 하나라도 못 보고 죽으면 억울할 것 같은 생각에 이곳도 가고 저곳도 가고 싶다. 킬리만자로도 가고 싶고 브라질도 가고 싶다. 그러나 이제 모두 가고 싶은 것은 생각으로 접어야 할 때가 되어 오는 것 같다. 점점 상황이 어려워지고 있는 현실에서 사진첩을 보며 여행지를 생각하고 여행을 회상하며 그리워하자.

미국에 처음 가다

어렸을 때부터 외국이라면, 으레 미국을 떠올리곤 했다. 제일 잘살고 행복하고 문명이 발달하여, 그곳에서 태어나 산다는 것이 선택받은 사람이고 그런 나라를 접할 수 있다는 것 자체가 선망의 대상이었던 것 같다. 우리 주위의 똑똑하고 의지력이 강하고 주관이 뚜렷하여 자기 인생을 스스로 개척하는 용감한 자만이 밟는 땅으로 생각했다.

상대적으로 그렇지 못한 나는 여태껏 미국이라는 나라에 가보지 못했다. 8년 전 퇴직 시, 미국 비자가 어렵다고 직장에 있을 때 비자라도 받아 두라는 주위의 권유에 받아 두었던 비자가 실효라도 될까봐 이런저런 이유를 대고 집사람과 함께 미국이라는 땅을 밟았다.

아주 거창한 사설을 달았지만, 여러 관광회사에서 모집하여 여기저기서 모여든 60명 가까운 사람들이 하는 관광이었다. 우리나라 사람 특유의 무질서, 이기심, 얄팍한 심성, 여러 특성이 어우러진 한심하면서도 재미있는 여행이었다.

서부의 관광 지역을 돌고 최종 목적지 LA에서 우리 둘만 일주일 더 체류하기로 하였다. 할 일이 많은 것 같았는데 뚜렷한 목표 없이 날짜를 보낼 생각을 하니 황망하였다.

LA에 사는 친구 명단을 보니 어느 하나 선뜻 연락을 할 용기가 나지 않았다. 이런저런 추억을 엮으면 모두 연락을 하고 싶어도, 졸업 후 전혀 접촉이 없던 친구의 연락을 받고 당혹해할 상대방을 생각하니 그만두고 싶고… 하여간 망설이던 끝에 연락이 있었던 친구에게 전화를 했다.

친구들의 근황을 알려 주며 만나고 싶은 친구를 대란다. 난감하였다. 그래도 만나면 즐겁고 반가운 친구 부부 몇 명과 우리 부부가 모이기 좋은 위치의 한식당에 모여 즐거운 시간을 함께하였다. 그들은 오랜 이국생활로 인해 우리 어린 시절이 차지하는 부분이 우리보다 훨씬 크고 넓었다. 즐거운 학창시절 기억을 너무나 많이 가지고 있고 소중하게 안고 살고 있었다.

미국에 가서 그들을 만나 어렸을 때 이야기를 하고 있는 것이 피난지 시골 초등학교를 찾아가 그곳에 남아 생활하고 있는 친구들과 옛이야기를 하며 즐기고 있는 것 같은 착각을 하게 되는 것은 너무

앞선 감정의 동화인가.

되는 소리 안 되는 소리, 말꼬리 잡히면 책될 수많은 소리도 스스럼없이 하고 그들도 좋은 감정으로만 들어 주었다. 등산을 좋아하는 한 친구가 일요일 등산을 가자고 제안을 했다. 평소 산을 좋아하는 나에게는 한없이 기쁘고 소중한 제안이었다. 미국에서의 생활은 여가에 골프를 즐기고 일요일엔 교회에 모여 종교행사와 화목한 어울림으로 향수를 달래는 것으로 막연히 알고 있는 나에게 나를 위한 특별한 배려 같아 미안함이 앞섰지만 기쁜 마음으로 산행에 응했다.

일요일 아침 6시 반에 출발했다. LA에서 동쪽으로 약 100Km 떨어진 곳에 있는 산으로, 해발 2,000m 되는 계곡에서 산행을 시작했다. 계곡 중간에 좋은 자리에서 준비해 온 도시락을 먹으며 휴식을 즐겼다. 간단한 휴식 후, 목표로 했던 계곡의 제일 높은 지점 해발 3,000m 지점까지 올라갔다가 하산했다. 우리나라 산과 여러모로 차이는 있으나 3,000m 이상 높이에 올라갔다는 흐뭇함과 친구의 우정에 흠뻑 취했다. 술을 가져가지 않아 술에 취하지는 못했다.

야구도 구경하였다. 마음속으로 야구 본 고장에서 우리선수가 활약하는 장면을 보고 싶었다. 마침 그날 우리의 서재응 선수가 출전하여 승패를 떠나 즐겁고 행복하게 관전했다.

미국 여행은 우리 생활의 연장같이 생각되었다. 늘 불안해하던 언어도 적당히 해결된다. 우리 음식, 우리 문화가 함께 있어 좋다.

미국의 한인 사회, 이국 같지 않다. 여건만 되면 자주 하고 싶었다.

스키여행

스키 타기 2~3년 후부터 꿈을 꾸기 시작했다. 엄청난 눈이 내린 지역에서 풍요롭고 아름다운 눈 덮인 산야를 스키를 멘 채 걷고 있는 내 모습을 그려 본다. 일본, 캐나다, 뉴질랜드를 누비며 스키를 타는 친구를 보채기 시작했다. 몇 년 지나 스키여행이 기획되고 시행되었다. 꿈을 이룬 기분이다.

서설회 회원 9명이 그 부인과 함께 18명이 일본 아키타로 떠났다. 아키타에 도착 이동 중 타자와코의 깊은 호수를 둘러보며 건너편에 보이는 스키장에 마음이 설레인다. 쯔루노유 여관에 여장을 풀고 300여 년 전통의 유백색 온천수에 몸을 담그고 밤하늘의 별을 헤며 만족스러워했다. 9명의 사나이들은 여자 없는 혼탕에서 낄낄거리며 여자를 기대했다.

다음 날 스키장에 섰다. 눈발이 날린다. 온통 은백색 눈으로 덮여 있다. 스키장과 우리가 타야 할 슬로프, 그리고 그것들의 특징을 성의껏 설명해 준다. 되도록 많은 것을 경험하게 해줄 의욕이 가득하다. 나는 이곳에 스키를 신고 서 있다는 것 자체가 만족스러웠다. 더 큰 행동은 욕심이라고 스스로 다짐하며 타기로 하였다. 스키를 타기 시작했다. 깊게 쌓인 눈이 여기저기 뭉쳐 있기도 하고 스키를 깊게 빠지게 하여 흐름을 방해하기도 한다.

눈발이 날린다. 짙은 안개는 시야를 가린다. 설면을 제대로 볼 수가 없어 감각으로 탄다. 자연히 두 발이 동시에 설면에 붙어 있어더 타기 어려워진다. 이제껏 잘 포장된 도로만 달리다 오지의 진흙길이나 사막 길을 어렵게 운전하는 기분이다. 한 번 타고 내려오면휴 하는 안도의 숨이 절로 나온다. 다시 탄다. 두 발이 제멋대로 방향을 잡아 눈 속에 곤두박질한다. 털고 일어나는 데도 힘들다. 용평의 스키는 우물 안 개구리다. 그리고 폼을 잡고 으쓱해 한 내가 부끄럽고 우습다.

우리 일행은 무리 지어 타자와코 스키장을 누빈다. 70이 넘은 노인들이 스키를 타는 모습은 어디에도 보이지 않는다. 학생들이나중장년층의 활력 넘치는 사람만이 가득하다.

오후 햇볕이 든다. 주변 경관을 둘러볼 여유가 생긴다. 건너편의하얀 산이 나타나고 타자와코 호반이 아름답다. 온통 은백색의 스키장은 자연설로 그 깊이를 알 수 없다. 천혜의 스키장이 부럽다.중간의 휴게소 벽면에 우리의 드라마 「아이리스」 촬영장임을 선전하는 주인공들의 사진들이 가득하다. 이제 설면을 보며 스키를 탈수 있다. 본연의 스키가 된다.

눈을 헤치고 날리며 타는 스키는 스스로 멋져 보인다. 다시 리프트에 올라탄다. 그리고 더 높은 슬로프를 쳐다본다. 그곳을 타는 것을 상상하다 고개를 흔들었다. 작은 것을 성취한 만족감에서 행복을 느끼기로 했다. 이제껏 살아온 내 인생의 방법대로 남들의 평가에 신경 쓰지 않고 지금 내가 타고 있는 쉬운 슬로프가 나에게 이렇게 크고 많은 만족과 행복을 주듯 남은 인생도 그렇게 생각하며 행동하겠다는 다짐을 해본다.

세 시가 지나니 무척 아쉬운 느낌이 든다. 마지막 시간까지 허둥대며 타지는 말아야겠다. 아쉬움을 가슴에 담고 스키를 접는다.

쯔루노유 여관은 일본 서민에게는 벅찬 숙박 시설이라 한다. 오랜 전통에서 현재를 볼 수 있다. 음식, 숙박 시설, 종업원의 태도 모두가. 그러나 그만큼 변화의 속도는 늦다. 지금이 최상의 상태라고 할 수 없고 최상의 상태를 만드는 것에 대해 조급해하지 않는 것 같다. 우리와 다른 점이 많은 것 같다. 어느 쪽이 좋다고 단정 지을 수 없다.

내가 배정받은 방은 너무 좋았다. 창 밖 풍광이 아름답다. 눈 덮인 산과 나무, 무게를 이기기 힘들 정도의 눈을 이고 있는 작은 집, 그리고 증기를 뿜어 내고 있는 계곡 사이의 온천… 자연 그대로를 방치해 놓은 듯한 모습이다. 나는 그 자연 속에 들어와 쉬고 있다. 나라는 존재는 보이지 않고 그 자연 속의 한 모습이다.

여정을 마치고 대형 쇼핑몰에서 이것저것 고르고 있는 일행의 모습을 보며 현실로 돌아왔다. 짐의 무게를 생각하며 필요한 것을 생각하며 손자 손녀의 선물에 신경을 쓴다.

집이라는 휴식처가 갑자기 그리워진다. 이렇게 꿈은 이루어졌다가 깨지는 모양이다.

칠순여행

평소 꿈꾸어 왔던 여행을 떠나고 싶다. 어렸을 때부터 내가 살고 있는 정반대에서는 어떤 사람이 어떤 곳에서 어떤 모습으로 살고 있는지 상상하며 그려 보았고, 가고 싶어 했다.

시간과 돈 그리고 건강이 허락하는 한계인 칠순여행으로 선택했다. 하지만 여건이 허락하지 않아 포기했다. 대신 배낭을 짊어지고 백두산 자락을 여유 있게 걷고 싶다. 칠순여행은 꿈에서 시작하여 꿈에서 끝나나 보다. 아쉬워하는 나의 모습을 보고 가장 편한 방법으로 백두산 여행을 가자고 한다. 스무 명이 모였다. 6년 전 만주 벌판을 함께 헤맨 친구는 가슴에 품고 갔다.

월요일 장춘에서 버스로 여섯 시간 이상 이동했다. 시야에 들어오는 모든 풍광은 경작된 밭이다. 옥수수 위주라고 한다. 수확 후가 걱정될 정도다.

백두산 자락의 산악 지대에 여장을 풀고 내일의 일기를 걱정하다.

화요일 아침. 조금은 들뜨고 흥분된 상태에서 오늘을 기대하며 백두산으로 갔다. 의외로 많은 관광객들이 서로 앞서려고 소란스럽다. 셔틀버스에서 지프차로 갈아타고 이천오백고지에 오른다. 공포감을 느끼게 하는 난폭운전은 주변의 경관을 여유 있게 감상할 수 없게 한다.

이천 미터 이상은 나무가 없고 풀들만 낮게 웅크리고 있다. 곳곳에 피어 있는 야생화는 스스로 가치를 더한다.

정상에 올랐다. 바람이 세고 구름이 잔뜩 끼었다.

상상의 천지를 그리며 기다렸다.

몸을 가눌 수 없는 심한 바람도 구름은 쉽게 걷어가지 못한다.

건너편 봉우리와 함께 천지의 수면이 드러난다.

관광객들이 환호한다.

그리고 다시 구름으로 덮인다.

여러 번 반복하지만 천지 전체는 보여 주지 않는다.

부분 부분 보는 것으로 만족해야 하는 모양이다.

깊은 생각을 하며 상념에 젖을 여유를 주지 않는다.

술로 건배를 하며 우리들의 행복을 확인하였다.

장백폭포를 둘러보고 야외온천에서 장백폭포의 장관을 올려보며 피로를 풀었다.

용정으로 이동하며 청산리 전투의 격전지를 지나고 해란 강을 건너고 언덕 위의 일송정을 차창 밖으로 보았다.

대성중학교에서 윤동주를 비롯한 선각자들의 삶을 보았다.

연길에서 여장을 풀다.

수요일 도문의 두만강으로 이동했다.

마침 이곳에서 두만강 관광문화축제가 열리고 있다. 비가 와서 행사는 중단되었지만 우리의 지방 문화행사와 비슷한 느낌이다.

두만강의 물은 급류로 변하여 유람선의 운행은 중지되었다.

우리는 강변을 산책하며 건너편을 보며 북을 비판하고 평가했다.

두만강의 규모에 놀랐다. 하류가 이 정도이면 상류는 짐작이 갔다. 우리의 동강이나 평창강 정도로 보였다.

아쉬움을 뒤로하고 연길로 돌아왔다. 지루하고 긴 버스여행이다.

늦은 저녁 장춘의 숙소에서 휴식을 취하다.

특색 있는 것을 먹어 보기로 했다. 백두산에서는 현지 산천어 회와 매운탕, 연길에서는 송이버섯과 송아지 고기 그리고 단고기와 평양냉면, 두 애주가의 술 공급, 양주에 포도주 웅담 주와 송이 주 그리고 다양한 고량주.

기억에 남을 만한 맛과 이야깃거리.

맛에 대한 꾸준한 개발이 필요하다는 생각이 든다. 옛것을 고집하여 그대로 답습한다는 것은 경쟁력을 잃을 수 있기 때문이다.

여행은 구성원의 화합이 무엇보다 중요했다.

이십 명이 함께하면서 선구자와 눈물 젖은 두만강을 합창하고 각자의 마음속 이야기를 하며 격의 없는 여행은 즐거움이었다.

목요일 아침 일찍 장춘을 출발하여 오전에 인천공항에 도착하다.

의미 있는 여행이었지만 내 나라의 편안함이 밀려온다.

나를 생각한다.

나의 나머지 삶을 생각한다.

하나의 불꽃이 되어

노인과 일

평균 수명이 계속 늘어난다. 노년은 길어진다. 준비가 없는 노후는 힘들어지고 있다. 건강과 함께 경제적, 정신적 그리고 감정적으로 예상치 못했던 일들로 짜증스럽고 우울하다.

우리는 해결 방법 중 하나로 일을 찾게 된다. 젊은이도 힘든데 노인은 더더욱 힘들다. 몸은 쑤시고 아프며 행동은 굼떠지고 기억은 가물거려 돌아서면 잊는 상태에서 일이란 쉽지 않다. 전문직 일을 하면서 자신의 지식과 판단이 제일이라고 자부해도 변화하는 시대를 따라가기 힘들다. 지나친 자기주장은 주위를 피곤하게 만든다. 그래도 노인은 일하기를 원한다. 노인들이 할 수 있는 일을 만들어 주기를 바란다.

나는 세무사라는 전문 자격증을 갖고 있다. 정년이 없어 건강이 허락하면 평생 할 수 있다. 현실적으로 우리 나이의 사람이 대부분 그대로 한다. 나는 힘들다. 경쟁이 심하여 그 경쟁을 버틸 능력과 여건이 되지 못한다. 변화하고 있는 환경도 따라가지 못하고 지식도 줄고 감정도 수용하지 못하고 있다.

과감히 태도를 바꿨다. 그러나 손을 놓기는 현실이 나를 힘들게 한다. 엉거주춤하다. 평생 몸 바쳐 온 직장을 그만두면 그 직장에 대한 향수나 미련 때문에 그 직장 주위를 맴돌고 싶어진다. 단지 주위로부터 핀잔이 두려워 행동을 못 하고 있을 뿐이다.

나는 이런 감정의 바탕에서 자신을 그려 보고 있다. 내가 가장 자랑스러워했던 세무서에서 이전의 신분을 내려놓고 현재의 일용직으로 근무하며 세무사의 입장으로 납세자의 고충을 듣고 담당 직원과 상의하여 납세자의 고충을 해결해 주는 일을 하고 싶다. 주무부서의 긍정적 검토를 거치면 제도적으로 가능하리라는 생각을 하며 미래의 나의 일로 상상한다.

오늘도 나는 환상을 벗어나지 못하고 있는지 모르겠다.

그리고 일하고 싶어 한다.

칠순 잔치

스무 살에 고등학교를 졸업하고 50년이 지나 일흔 살이 되었다. 고등학교 졸업 50주년 축하 행사를 한다. 의미 있고 많은 일들이 기획되고 있다. 어느 하나 버리기 아까운 것들이다.

나는 개인적인 생각을 하였다. 나름대로 머릿속으로 그려 보았다. 내가 주인도 되고 하객도 되는 푸짐한 잔치를 하고 싶다. 참석 인원 모두가 오늘의 주인공이다. 서로가 축하한다. 먹고 마시고 놀고 즐기는 긴 잔치다.

가지고 있는 모든 돈을 그것만을 위하여 쓰고 싶다.

참석 가능한 모든 사람이 모여 잔치를 한다.

잔치에 재담과 노래가 어우러지고 우정과 술에 취하고 어릴 때 추억을 공유하며 현재를 즐거워한다. 그리고 푸짐한 선물로 오늘의 기쁨을 확인한다. 열흘간의 긴 잔치는 골프, 바둑, 테니스, 등산, 컴퓨터 등 개인적 취미를 함께하고 기독교, 불교 모임을 갖고 제주 여행을 함께하면서 부부의 애정과 친구의 우정을 확인하는 계기가 되었다. 좋은 학교를 나와서 좋은 친구들과 어울릴 수 있는 행운이 있다는 것을 나와 마누라에게 확인시켜 주고 만족해한다.

잔치에는 허세와 낭비가 필수적 구성 요소다. 끝난 후에 후회하거나 아쉬워하는 것은 의미가 없다. 잔치 자체로 끝나야 하는 모양이다. 그리고 그 결과를 즐거워하고 추억으로 간직해야 할 것 같다. 이제 칠순 잔치는 끝났지만 내 몸과 마음 그리고 생각은 칠순에 묶어 두고 싶다. 앞으로 사는 날까지 매번 칠순 잔치를 하고 싶다.

평생 낮은 자세로 눈치를 보며 살아온 사람으로서 허세도 부려보고 돈도 써보고 싶다.

이래서 평생 칠순 잔치는 계속하고 싶다.

노년에 친구가 있어 덜 외롭다

이제 살아가면서 자신이 벌여 놓은 일을 정리해야 할 때가 온 것
같다. 주변에 대한 책임도 내려놓아야 할 때다. 주변을 돌아보았다.
가족이란 마지막 단위도 해체되어 가고 있다. 홀로 서 있는 자신을
본다.

이럴 때 친구가 다가온다. 여러 유형의 친구 중 이해관계나 그때
그때 필요에 따라 맺어진 친구는 멀어지고 이런저런 이유로 만나기
어려운 친구는 기억으로만 남는다. 가까이 할 수 없는 친구는 가슴
에 품고 있다.

나에게도 두 친구가 가슴에 있다. 학창시절 운동장에서 함께 뒹
굴며 우정을 쌓았다. 유명한 소설가의 자제답게 문학적 소양을 타
고나 주위를 윤택하게 하고 전공대로 우리 조선업계의 큰사람이 되
어 배를 건조하는 데 일생을 바쳤다. 일을 마치고 다시 우리의 주위
에 나타나 영화, 음악, 운동, 여행 등 시간을 함께하였다. 너무나 열
심히 다양한 인생을 살았는지 과로로 쓰러져 일어나지 못하고 떠났
다. 늘 그립고 보고 싶다.

다른 한 친구는 4.19혁명의 중심에서 도태되는 세력의 핵심에서
조국을 떠난 아버지 때문에 일찍이 브라질로 농업 이민을 가 10여

년간 오지에서 농사를 짓다 도시로 진출한 친구다. 학창시절 수업시간 외에는 늘 붙어 있었다. 그립다. 몇 번의 귀국에 시간을 함께하고 헤어져도 아쉽고 또 아쉽다. 내가 한 번 간다고 약속도 하고 그가 다시 오면 만족스러운 계획을 세워 그를 즐겁게 해주겠다고 다짐을 했지만 여건이 어려워서인지 둘 다 가지도 오지도 못했다. 그의 목소리 듣는 것으로 만족해야 하고 내 가슴속의 친구로 만족해야 하는 모양이다.

이제 주변의 친구로서 어울릴 수 있는 친구는 학교친구뿐이다. 다행히 많은 친구가 남아 있고 어울릴 수 있다. 학교 다닐 때의 친소 관계를 떠나 만날 때마다 새로움을 알고 즐겁고 또 만나고 싶다. 만남 자체가 좋아 산과 여행도 가고 영화, 오페라도 보고 각종 회식자리에 얼굴을 내민다. 친구들과 속없는 이야기를 하며 즐기고 다음 만남을 기대하며 헤어진다. 생활을 윤택하게 해준다.

수시로 만나는 것도 좋다. 어느 후덥지근한 장마철 일요일 오후 4시에 전화가 왔다. 6시, 가능한 사람끼리 모여 소주 한잔하잔다. 총알같이 나섰다. 8명이 모였다. 친구를 위한 24시간 대기조라고 말했더니 모두 웃었다. 즐겁다. 행복하다.

오늘도 친구를 생각하며 기다린다. 그리고 행동도 생각한다. 늘 가까운 친구가 되고 거리를 두는 친구가 되지 않도록 처신해야 한다. 누구하고나 어울리고 과거에 집착하지 않고 자신이 봉사할 수 있는 일이면 앞장서고 남의 눈에 나는 일을 삼가야 한다.

육체적 정신적 건강을 유지하여 만남을 많이 가지자. 친구여 우리 모두 즐겁고 행복하자.

죽는 연습

가까운 친구들이 죽는다. 젊어서 사고로 죽는 것은 그 사람의 운명이려니 했다. 나이 들면서 심장마비가 온다든지 뇌일혈로 쓰러지거나 암 선고를 받고 투병하다 죽기도 한다. 건강하고 활발한 친구가 갑자기 가기도 한다.

같이 놀러 갔다가 저녁 파도치는 경관에 취해 바다를 구경하다 파도에 휩쓸려 시신도 못 찾은 친구의 죽음을 보고 나에게도 올 수 있는 죽음을 생각했다.

평균수명이 점점 늘어나고 현재 나의 연령의 잔존 수명을 계산하면 여유로운 삶을 영위할 수 있다고 생각해 왔다. 아니 죽음과는 거리가 많은 사람처럼 계획하고 행동해 왔다. 주위로부터 9988124라는 99세까지 팔팔하게 살다가 하루 이틀 아프고 죽는다는 농담을 우리의 목표로 알고 있다.

오래전 아버지가 나의 나이일 때 아버지의 가장 가까운 친구가 돌아가셨다. 아버지는 슬픔에 심하게 우울해했다. 아버지를 위로해 드리기 위해 사실 만큼 사셨으니까 너무 슬퍼하지 마시라고 했다. 그날 밤 어머니에게 자식이 우리보고 살 만큼 살았다고 하니 이제 귀찮은 존재가 되었구나 하면서 밤잠을 이루지 못했다고 한다.

이제 내가 그 나이다. 나도 살 만큼 살았다고 인정을 해야 하는가 보다.

죽음에 대하여 심각하게 생각해야 하며 늘 맞이할 마음의 준비는 해야 할 모양이다. 나는 종교를 갖지 못했다. 이런저런 이유가 있겠지만 종교가 가슴에 들어오지 못한다. 스스로 불행한 일이라고 생각한다. 때문에 내세를 믿지 않고 내 죽음이 나의 소멸을 의미한다고 생각한다. 죽음이 두렵다. 이런저런 생각으로 죽음을 생활의 일부로 받아들이기로 했다.

살아온 인생이 살아갈 인생보다 즐겁고 행복했다는 사실을 인정하자. 나머지 인생이 힘들고 벅차다면 굳이 연장에 힘들어할 이유가 없을 것 같다. 하루하루를 마지막 날같이 즐기고 산다. 오늘 못하면 영원히 못 할 것 같다.

보고 싶은 사람도 보고, 하고 싶은 이야기도 하고 먹고 싶은 음식도 먹고 즐기며 행복을 만끽하자. 내일이 없는 사람이 내일을 걱정하며 괴로워하지 말자. 그리고 저녁에 조용히 잠에 들어가자. 자다 일어나지 못하면 정말 행복한 삶인지 모르겠다.

내일 아침에 일어나면 새로운 탄생으로 하루를 또 같은 생활을 하는 이런 날의 연속이 되자. 무엇을 하기 위해 움켜쥐고 몸부림치는 그런 삶을 살지는 말자.

나는 이렇게 매일 죽는다. 의식은 매일 죽지만 무의식은 매일 일어나 새로운 삶을 계속한다. 그리고 죽을 것 같지 않은 삶을 영위하면서 내일을 약속하는 모순 속에 살아간다.

나는 이렇게 생각만 하는 것이지 실제로는 삶에 집착하여 건강을 관리하고 재산을 효율적으로 배분 관리하여 추하게 살지 않으려고 발버둥치고 있는지 모른다. 이런 모순 속에서 살아가고 있다. 다만 왜 그렇게 살아가고 있는지 나 스스로 인식하지 못하고 산다. 어떤 내가 솔직한 나인지 모르고 있다.

나는 매일 죽음을 연습하고 있다. 죽은 다음의 과정까지 머리에 그려 가며 매일 잠들 때 죽는다.

그리고 다시 태어난다.

힘들고 어렵게 하지 않고 맞을 죽음

운동선수는 '연습을 실전처럼 실전을 연습처럼'이란 행동 지침을 만들어 자기최면에 빠지게 한다. 확실한 목표를 세워 실적을 극대화하려 한다. 그러나 실전에서는 연습의 상황을 벗어난 돌발 사태가 종종 나타나 어쩔 수 없는 경기 결과를 만든다.

인생사도 마찬가지인 모양이다. 아무리 마음속으로 많은 대비를 하여도 어쩔 수 없는 상황을 만나면 운명으로 돌리고 그냥 수용하고 만다.

이제 마지막으로 죽음을 늘 생각한다. 죽는 자체가 행복일 수 없어도 행복하게 죽고 싶다.

친구는 의과 대학에서 평생 후학을 가르치는 큰 사람이었다. 기원에서 바둑을 두다 쓰러져 의식을 잃었다. 자신의 대학 병원에 입원하여 대학이 권위와 정성을 다하여 치료에 전력했으나 2년 반 동안 단 한 번의 의식도 찾지 못한 채 운명하였다.

주위 사람에게 많은 생각을 하게 한다.

자신의 의지와 상관없이 자신의 위치와 입장 때문에 얼마나 많은 고생과 가족의 어려움을 남겨 주었는지 알 수 없다. 나이 많은 우리는 이러한 사례를 수없이 많이 보고 듣는다. 거동이 불편한 상태에서 몇 년을 누워있거나 기억 없는 상태에서 가족을 괴롭히고 격리된 생활을 하면서 주위로부터 딱한 눈초리를 받고 있다는 사실을 안다.

자신은 어떤 태도를 취할까 하는 생각으로 비약한다.

친구가 우리가 의지가 없어질 때 어떤 행동을 하여야 할 것인지 의지가 있는 지금 명백히 해둘 필요가 있다고 하며 현실적 방법으로 '사전 의료 지시서'란 서식을 작성 서명하여 주위에 맡겨 두어 시행토록 해야 한다고 알려 준다. 즉 인위적 생명 연장 시술을 거부한다는 의사 표시다. 누구나 공감한다. 그러나 선뜻 쓰기는 용기가 필요할지 모르겠다.

나는 내 아버지를 생각한다. 어머니가 혈압으로 쓰러져 인근 병원에서 응급 처치 중 가망이 없으니 큰 병원으로 이송하여 최선을 다하라고 하여 큰 병원 응급실로 갔다. 담당의사가 진료를 하더니 이미 뇌사 상태로 인공호흡기를 달고 생명 연장 시술을 하면 중환자실에서 얼마를 갈지 예상하기 어려우니 신중하게 결정하라고 귀띔한다.

오래전 이야기여서 지금은 어려운 이야기다.

나는 내가 결정할 일이 아니어서 아버지에게 전했다. 아버지는 한참 생각하더니 일부 자식의 강력한 반대를 무시하고 산소 호흡기를 제거하여 운명하게 하였다. 그 후 자신에게도 똑같이 하라고 늘 강조하고 죽음을 맞을 자세를 갖추었다. 그리고 특별한 의료 행위를 거부하고 돌아가셨다.

나는 이제 경건한 마음으로 자신의 사전 의료 지시서를 작성한다. 그리고 내 아내와 아들에게 반드시 지킬 것을 강조한다. 인정에 끌리거나 어떤 기적을 바라는 마음에서 더 어렵게 만드는 것은 나를 욕되게 하는 것이라는 것을 분명히 하였다. 내 마누라가 똑같은 경우가 되더라도 내 마누라의 분명한 사전 의사라면 그렇게 해주리라고 스스로 생각한다.

이렇게 나는 죽고 싶다.

지은이 이기동

한 여자의 남편, 두 아이의 아버지, 네 명의 손자 손녀의 할아버지.
그리고 국세청에서 31년간 근무하다.

뜻깊게 살려 했으나 덧없이 살았네
― 우리네 아버지 그 삶을 말하다

지은이 이기동

디자인 김무열

발행일 2013년 11월 30일 초판 1쇄

발행처 다반 **발행인** 노승현 **주소** 서울시 금천구 가산동 470-5 에이스테크노타워 10차 1003호
전화번호 02-868-4979 **팩스** 02-868-4978 **이메일** davanbook@naver.com
출판등록 제2011-08호 (2011년 1월 20일)

ISBN 979-11-85264-02-8 03810

다반 ― 일상의 책